Le dossier confidentiel de l'euthanasie

Igor Barrère
Étienne Lalou

Le dossier confidentiel de l'euthanasie

Éditions Stock

En couverture : Photo A. Pons

ISBN 2.02.004302.5

« Juger que la vie vaut ou ne vaut pas la peine d'être vécue, c'est répondre à la question fondamentale de la philosophie. Le reste, si le monde a trois dimensions, si l'esprit a neuf ou douze catégories, vient ensuite... »

ALBERT CAMUS
Le Mythe de Sisyphe.

1
Imaginez deux journalistes...

Ce livre est né d'une émission de télévision qui n'a jamais été diffusée et d'une série d'articles qui, eux, ont paru dans *France-Soir* du 18 mars au 5 avril 1962. Avant d'expliquer pourquoi le programme de télévision n'a jamais vu le jour et comment il s'est converti en imprimé, il faut commencer par le commencement, c'est-à-dire raconter la genèse d'une émission qui se serait appelée *l'Euthanasie* dans la série intitulée *Faire face*.

Le grand public imagine volontiers les journalistes – qu'ils soient de plume, de radio, de cinéma ou de télévision – comme des chasseurs embusqués à l'affût de l'actualité. Cette actualité, ces hommes sans cœur la pistent, la poursuivent, la traquent (la créent au besoin) et l'offrent toute frémissante en pâture aux consommateurs. Tous les matins, nous nous promènerions de long en large dans notre bureau en nous demandant : « De quoi allons-nous donc *leur* parler? » Et la bredouille, qui signifierait le renvoi, serait notre hantise...

En réalité, c'est le contraire qui se produit : ce sont les événements qui nous poursuivent, qui nous traquent; nous sommes cernés, débordés par l'actualité. Nous ne choisissons pas ce métier : c'est lui qui nous choisit. On ne devient pas journaliste par hasard ou parce qu'on en a envie. On le devient parce qu'on possède une certaine curiosité d'esprit, une certaine sensibilité au monde extérieur; on le devient presque par force, parce que l'on se sent mis, comme Victor Hugo, « au centre de tout comme un écho sonore » et que l'on n'a pas le droit de se taire lorsqu'on se comprend fait pour témoigner. Sans cette vocation de témoin, il ne peut y avoir de bon journaliste.

Le reste est une question de conscience professionnelle, de facilité d'expression et de travail.

Non, le journaliste n'échappe pas à l'actualité. Son rôle, immense, consiste à faire connaître ce qu'il a lui-même appris, à faire ressentir ce qu'il a lui-même éprouvé, à faire comprendre le vrai sens, la portée humaine de l'événement. Mais comment donnerait-il la note juste s'il n'a lui-même vibré de tout son être? S'il ne se passionne pas, s'il ne se sent pas concerné par les joies, les peines, les espoirs et les inquiétudes de tous les hommes, il ne sera jamais dans ce métier qu'un faux monnayeur plus ou moins habile.

Revenons, après ce détour apparent, à notre série *Faire face*. Elle n'a pas surgi un jour, toute prête, de notre cerveau en quête d'idées originales et sensationnelles. Elle s'est imposée à nous. Elle s'est imposée lentement et difficilement. Nous avons toujours pensé, depuis que nous nous y sommes consacrés, que la télévision n'était pas seulement le plus puissant moyen d'information et de connaissance de l'histoire, mais qu'elle était aussi, par définition, l'instrument privilégié des prises de conscience collectives. Il s'établit un lien personnel et profond entre les millions de spectateurs et l'homme qui, par l'intermédiaire du poste récepteur, s'introduit dans leur chambre ou dans leur salle à manger et s'adresse à eux au moment où ils sont le plus vulnérables, le plus réceptifs, le plus proches de leur vérité, ayant laissé à la porte l'encombrante armure sociale. Sinon, pourquoi écriraient-ils autant — et souvent pour se confier, pour demander conseil? Pourquoi seraient-ils si heureux, dans la rue, non seulement de vous reconnaître, mais de vous serrer la main, de vous parler, de prolonger avec vous l'entretien commencé à domicile?

C'est d'ailleurs un plaisir qui leur est donné rarement, et par accident. Le plus souvent nous leur échappons, nous restons pour eux ces êtres ectoplasmiques faits de points et de lignes qu'un simple bouton suffit à évoquer comme à dissiper : l'entretien amorcé par la télévision se borne à un monologue.

Dans cette conversation à sens unique réside la faiblesse – et le danger – de la télévision. Nous en sommes conscients. Nous ne pensons pas qu'il existe une vérité et une seule. Nous pensons encore moins que nous la possédons et qu'il nous appartient de la dispenser. Nous croyons au dialogue, à l'échange de vues, non à la catéchisation. Ce moyen d'expression que nous possédons ne doit pas être notre apanage; il doit appartenir à tous les Français dans la mesure où ils ont fait la preuve qu'ils avaient quelque chose à apporter aux autres. Aussi, après avoir essayé, il y a déjà plusieurs années, de faire réfléchir le public de la télévision sur des notions complexes comme celle de peur ou de responsabilité, avons-nous cherché comment associer les spectateurs à l'enquête, comment leur permettre de poser leurs questions, d'apporter leurs réponses et de discuter celles qui leur seraient proposées. C'est ainsi qu'en juin 1960 est née la série *Faire face* dont l'idée directrice est d'élargir à l'échelle du pays ces prises de conscience difficiles que l'actualité provoque chez certains individus isolés. (L'actualité au sens le plus large, l'actualité de la condition humaine et non des faits divers.)

Nous avons tâtonné pendant plusieurs mois encore. Comment trouver l'équilibre entre la participation des spectateurs – que nous voulions très large et très libre – et la nécessité de présenter aux autres, à ceux qui restaient chez eux, l'enquête la plus complète et la mieux composée possible? Il s'agissait de canaliser sans l'étouffer une matière brute d'une richesse inouïe, une matière humaine bouillonnante, bouleversante, naïve et souvent désordonnée.

Nous avons d'abord demandé aux spectateurs eux-mêmes

de mener l'enquête. Il nous a fallu un demi-échec pour comprendre que ce n'était pas leur métier mais le nôtre. Ensuite, nous avons essayé d'utiliser le téléphone comme moyen d'intervention; là aussi, deux expériences nous ont été nécessaires avant de conclure que ce procédé excluait d'avance trop de Français, qu'il ne laissait pas le temps de la réflexion (et aboutissait donc à un résultat superficiel) et surtout que ces voix sans visage à la télévision constituaient un défi au bon sens!

C'est alors que nous avons abouti à la formule en deux émissions, formule qui nous paraît la mieux équilibrée et, en dépit de ses imperfections, la plus propre à faire surgir de temps à autre cette espèce de geyser de la conscience nationale dont nous rêvions depuis si longtemps d'être les sourciers. La première émission se présente comme une enquête filmée à base de témoignages; elle constitue en même temps une invitation à nous écrire pour confirmer, protester, raconter une aventure personnelle, poser des questions, demander conseil... Les auteurs des lettres qui nous ont paru les plus judicieuses ou les plus touchantes participent à la seconde émission en compagnie d'un ou plusieurs spécialistes choisis pour leur autorité et leur compétence. Un grand invalide de guerre peut publiquement adresser un appel pathétique au directeur de la Sécurité sociale. Le ministre des Rapatriés peut découvrir devant les caméras que la mission qui lui a été confiée est plus psychologique que financière. La France peut, pour un soir, se diviser en deux camps passionnés, pour ou contre la prostitution.

Les sujets, nous l'avons déjà dit, nous ne nous battons pas les flancs pour les choisir. Souvent, nous n'avons même pas l'impression de les choisir du tout : ils sont *inévitables*. Ce sont tous les sujets plus ou moins « tabous », soit parce qu'ils mettent en cause une certaine politique ou certains responsables – c'est le cas de la sécurité sociale, du logement, de la santé publique –, soit parce qu'ils divisent profondément l'opinion et que l'on ne peut se prononcer sur eux qu'après un difficile débat intérieur, souvent au mépris des lois et des dogmes : il en est ainsi pour le contrôle des naissances, le divorce, la prostitution, le racisme...

Comment, ayant choisi une telle ligne, aurions-nous pu éviter de trouver sur notre route le problème angoissant, jamais résolu encore et probablement insoluble, que pose l'euthanasie? De même que *Faire face* s'était peu à peu imposé à nous comme la formule d'émission qui correspondait le mieux à ce que nous pensions être la vocation de la télévision, de même l'euthanasie, que l'actualité ramenait de temps à autre à l'ordre du jour, faisait son chemin en nous et s'imposait peu à peu comme l'émission la plus difficile mais la plus nécessaire de la série.

2
L'euthanasie

Il est rare qu'une année s'écoule sans que les journaux fassent état d'un ou de plusieurs drames de l'euthanasie. En six mois, dans la seule année 1962, trois affaires au moins, toutes exemplaires, toutes donnant le frisson à l'idée que le hasard aurait pu vous désigner comme l'instrument de la justice, ont agité l'opinion publique.

L'année s'était ouverte avec l'acquittement par les jurés de Colmar de Luigi Faïta, ce maçon italien venu spécialement de son pays pour donner la mort à son frère, atteint d'une maladie incurable. Homme simple, mais intelligent, pieux et d'une grande droiture, Faïta ne pouvait être soupçonné d'avoir obéi à un motif intéressé, quel qu'il soit, ou de ne pas avoir agi en pleine connaissance de cause. Pour obéir à l'esprit de sa religion qui fait de la charité un devoir, il avait désobéi à la lettre du dogme qui commande de ne pas tuer et fait du crime un péché mortel. En abrégeant la souffrance de son frère, il avait consciemment bravé la loi des hommes et accepté le remords éternel. Le tribunal de l'une des régions les plus catholiques de France a cru bon de ne pas ajouter une condamnation dérisoire à la damnation à laquelle Faïta s'était voué en toute lucidité.

C'est à Liège, autre ville profondément catholique, que s'est déroulé le second drame. Le 22 mai, à la maternité de

Rocourt, Suzanne Vandeputte-Coipel, âgée de vingt-cinq ans, met au monde son premier enfant, une petite fille passionnément attendue. Quelques jours plus tard, on lui révèle que le bébé, en parfaite santé par ailleurs, est né sans bras. *« Jamais je ne pourrai la laisser vivre ainsi! »* s'écrie-t-elle.

A peine rentrée de la clinique, elle réunit chez elle le conseil de famille : son mari, sa sœur, sa mère, chez qui le spectacle de l'enfant a provoqué une crise nerveuse. *« Je dois la tuer tout de suite,* dit-elle en sanglotant, *après je n'aurai plus le courage... »* Les autres l'approuvent. Sa mère réussit à décider le médecin de famille à ordonner un somnifère; une ordonnance qui équivaut à un arrêt de mort. Ainsi cinq personnes, dont deux seulement, le père et la mère, pourraient à l'extrême rigueur être accusées d'obéir à des mobiles égoïstes, ont-elles décidé de faire périr une enfant de huit jours parfaitement viable et qui ne souffre pas mais qui est promise à une vie misérable.

Rien n'aurait paru anormal dans la mort de la petite Karin si les médecins de la clinique n'avaient cru de leur devoir d'avertir la police de l'inquiétude qu'ils avaient ressentie devant l'agitation et les propos de la mère au moment de rentrer chez elle. Eux aussi ont transgressé par là un dogme : celui du secret professionnel. « Empêcher un crime est le seul motif au nom duquel il soit possible de se libérer du secret professionnel », affirment-ils. « Ce sont de vils dénonciateurs! » réplique l'opinion publique liégeoise qui a pris fait et cause pour la famille Vandeputte. La justice, elle, n'a pas hésité : incarcérés tous les cinq à la Citadelle de Liège, Suzanne Vandeputte, son mari, sa mère, sa sœur et le médecin compatissant comparaîtront devant les Assises pour empoisonnement et complicité.

« Je l'aimais trop. Je ne pouvais plus la voir souffrir », a déclaré l'ingénieur atomiste Dmetro Huzar devant la cour d'assises de la Seine, le mardi 10 juillet. Il parlait de sa fille

Darka qu'il avait pendue de ses propres mains, trois ans plus tôt, dans la serre de leur jardin de l'Hay-les-Roses, pendant une absence de sa femme et de ses quatre autres enfants. Adorée de ses parents, la petite Darka, née normale, avait perdu à deux ans l'usage de la parole à la suite d'une grande frayeur. Ensuite, son état avait régulièrement empiré : atrophie des membres, perte progressive des facultés mentales, impossibilité de satisfaire seule et même d'exprimer sa faim et sa soif, manque total de contrôle d'elle-même, apathie générale entrecoupée d'accès de fièvre. Opérée en 1958 d'un kyste au cerveau, Darka non seulement ne guérit pas mais elle se mit à souffrir : chutes fréquentes et convulsions horribles qui commençaient à ébranler sérieusement l'esprit de ses frères et sœurs.

« Je l'ai tuée parce que j'avais acquis la preuve que la science ne pouvait plus rien pour elle. J'ai choisi la pendaison parce qu'il est scientifiquement prouvé qu'elle provoque la mort sans souffrance. Je m'étais muni d'une paire de ciseaux parce qu'un homme de science doit tout prévoir : il y avait une chance infime que le choc physique et psychologique créât chez elle l'amorce d'une guérison... »

Ce scientifique n'a cessé de parler scientifiquement. Mais c'était en même temps un père bouleversé, un criminel par amour, auquel les jurés ont infligé, pour le principe, une peine de trois ans de prison avec sursis.

Qui ne voit, malgré la diversité des cas, la similitude profonde qu'il y a entre ces « Affaires »? D'un côté l'Église et la société, avec leurs lois, leurs commandements, leur tradition et, surtout, leur instinct de conservation. De l'autre, des individus qui souffrent, moralement et physiquement, qui savent que dans le malheur, lorsque c'est la racine même de la vie qui est atteinte, il n'est d'autre remède que la mort et qui trouvent le courage – car il en faut – de donner cette mort de leur propre main en sachant fort bien qu'ils auront à supporter ensuite – et jusqu'à quand? – les conséquences de leur crime. Entre les deux, comme dans les tragédies antiques, le chœur, représenté par l'opinion publique, conventionnelle, sentimentale, versatile comme toutes les foules.

Il y a un mort et il y a quelqu'un qui a donné la mort. Le crime est indiscutable. Faïta et Huzar se sont livrés eux-mêmes à la police. Suzanne Vandeputte n'a fait aucune difficulté pour tout avouer aussitôt que la police est venue enquêter. Ils reconnaissent tous les trois leur crime. Ils l'assument, presque comme un sacerdoce. C'est qu'au moment où la justice intervient, le drame est déjà terminé. Il s'est joué *avant*. Tous les débats qui suivront n'auront aucun sens auprès du débat intérieur qui a conduit un être à penser qu'il était *désigné* pour le crime, que, devant Dieu, devant les hommes et devant sa propre conscience, il ne pouvait pas échapper à son destin qui était de tuer un autre être par amour, par charité.

Le crime est indiscutable, mais les circonstances atténuantes le sont également – si atténuantes qu'à la limite elles effacent le crime, elles l'inversent même, elles en font un acte d'abnégation, un don total de soi. Comment irait-on juger au même mètre que les autres cet assassin hors série, hors mesure qui, s'il n'est pas un criminel, doit être considéré comme un saint? Quelle sera l'angoisse des jurés lorsqu'ils auront compris qu'en condamnant ils risquent de vouer une sainte au bûcher et qu'en innocentant ils donnent au crime ses lettres de noblesse!

Poser le problème, c'est déjà ne pas le résoudre. Dans certaines circonstances particulières, un être humain peut-il être investi du droit, du devoir terribles d'abréger la vie d'un autre être humain? La raison dit non. Le cœur dit oui. Nous nous trouvons plongés au centre de l'un de ces conflits exemplaires que les écoliers croient réservés à la tragédie classique et dont les adultes se découvrent parfois avec horreur devenus les pitoyables héros. Un de ces conflits qui engage tout l'être dans une épreuve de vérité à peine soutenable. Il ne s'agit plus seulement, comme dans la vie courante, de préférer certaines valeurs à d'autres. Il ne s'agit même plus, comme dans certains cas graves, d'être prêt à se faire tuer pour elles. Il s'agit, au-delà de toutes les valeurs, tiraillé entre les impératifs moraux contradictoires et aussi exigeants les uns que les autres, de donner la mort ou de ne pas la donner – ce qui est plus difficile encore que de donner sa propre vie.

Bref, nous voici sans doute devant ce qui se rapproche le plus du cas de conscience à l'état pur. Si l'on croit, comme nous le croyons, qu'aucun moyen d'expression ne peut aussi bien que la télévision servir la vérité et se servir de la vérité, faire de la vérité une œuvre d'art et de cette œuvre d'art un instrument de vérité; si l'on croit, comme nous le croyons, que la télévision est un instrument de communion, que seule la télévision permet une participation intense et fructueuse de millions de personnes au drame intérieur d'un seul être; si l'on croit, comme nous le croyons, que lorsqu'on a le redoutable pouvoir de posséder ce moyen d'expression de la vérité, cet instrument de communion, il est inadmissible de ne pas mettre toute son intelligence et tout son cœur à lui faire remplir sa mission, alors l'euthanasie, cette tragédie exemplaire à laquelle chacun de nous peut, du jour au lendemain, se trouver confronté, constituait la plus belle, la plus courageuse, la plus utile des émissions de télévision. Pourtant, l'émission *Faire face* consacrée à l'euthanasie n'a jamais eu lieu.

3
Faire face

Nous avions décidé, pour l'occasion, de modifier la for mule de la série. Au lieu de filmer une enquête et de la présenter au public (comme on présente aux jurés le dossier d'une affaire avant de les inviter à prendre parti) pour provoquer des lettres et des demandes de participation à l'émission en direct, nous avons commencé par l'annonce aux téléspectateurs, sans indication précise de date de diffusion du programme.

Pourquoi cette prudence, cette timidité? C'est d'abord que nous ne voulions prendre aucune décision avant le dépouillement et l'analyse du courrier. Il nous semblait que nous n'avions pas le droit de préjuger des réactions des Français devant un problème aussi intime et que c'était la nature de ces réactions qui nous dicterait notre conduite. Un sujet aussi exceptionnel ne pouvait être traité théoriquement, corseté d'avance dans une formule qui avait convenu aux thèmes précédents mais risquait d'étouffer ou de banaliser celui-là. Ce n'était pas nous qui devions imposer notre vérité « prête à porter » au sujet, mais la vie qui devait nous imposer à nous un habillement sur mesure qui ne s'opposât en aucune façon à son jaillissement.

D'ailleurs, allait-elle jaillir, la source de vie? Allait-elle se faire jour, la vérité? Pour être francs, nous redoutions aussi de parler dans le vide, de parler pour des gens qui ne voulaient pas nous entendre. Si les procès d'euthanasie faisaient grand bruit dans les journaux, ils étaient tout de même assez rares. Peu de Français, pensions-nous – et heureusement! – ont connu la malédiction d'avoir à vivre une telle expérience. Et parmi ceux-là, combien désiraient-ils en faire part à leurs compatriotes devant les caméras de la télévision, se trouver en quelque sorte transformés en cobayes de l'opinion publique? Très peu, sans doute; peut-être même aucun...

En quelques jours, nous nous sommes trouvés submergés par des milliers de lettres... de confessions, devrions-nous dire, car certaines de ces lettres avaient jusqu'à quarante pages. *« Je prends sur mes nuits pour vous écrire... »,* disait un médecin. *« Je vous écris pour me soulager »,* confiait une infirmière. Et beaucoup de nos correspondants avouaient que les faits évoqués remontaient à plusieurs années, à plusieurs dizaines d'années quelquefois, et qu'ils n'en avaient jamais parlé à personne jusqu'à présent. Quelle marque de confiance! Quelle preuve émouvante du pouvoir de la télévision, du lien *personnel* qu'elle crée entre ceux qui la font et ceux qui la regardent! On imagine mal un autre moyen d'expression, si puissant soit-il, permettant de recueillir sur un sujet aussi brûlant, aussi intime, des milliers de témoignages.

Et quels témoignages! A quelques exceptions près, d'une sincérité brûlante, d'une élévation de ton et de pensée proprement admirables. Tout se passait comme si, au feu de cette épreuve de vérité qu'avait été leur confrontation avec la mort, des gens ordinaires, aussi capables que d'autres de mensonges, de mesquinerie ou de bêtise, s'étaient trouvés purifiés, transmutés comme les métaux des alchimistes. Et maintenant, quoi qu'il arrive, ils auraient été cela : cette personne brusquement transportée au-dessus d'elle-même et capable de conserver intact jusqu'à la mort le souvenir de cette expérience et de cette métamorphose.

Voici, par exemple, ce qu'écrivait Mme J. M..., dans le Gers :

« ... Je suis mariée depuis quatorze ans et vis avec mes beaux-parents.

Depuis huit ans, mon beau-père, à la suite d'une hémiplégie, est un grand infirme, sans espoir de récupération. Son caractère est des plus désagréables, particulièrement à mon égard, ce qui a bien souvent entraîné des discussions. D'autre part, depuis cinq ans, la grand-mère de mon mari qui vit également avec nous est complètement retombée en enfance. Elle mène une vie purement animale, ne reconnaît personne; il faut la changer et la faire manger car elle a oublié les moindres gestes de la vie courante.

Je vis donc dans cette ambiance avec mon mari depuis plusieurs années, je n'entends parler que de ces malades à longueur de jour car il ne se passe pas de semaine que l'un ou l'autre n'ait quelque chose. Ce n'est guère un climat pour un jeune ménage qui aspire à vivre heureux. Les heurts sont inévitables et il m'arrive de souhaiter, je n'ai pas peur de l'écrire, que nos deux infirmes quittent ce monde.

Et pourtant, chaque fois que l'un ou l'autre est en danger de mort, dans ces moments-là, je ne me pose plus de questions. Je ne sais plus si mon beau-père a été odieux à mon égard, si la grand-mère de mon mari n'est pratiquement plus un être vivant! Cette dernière en particulier a des syncopes assez prolongées, je suis la seule à faire des piqûres dans la maison et chaque fois, sans réfléchir, je refais le même geste qui la remet sur pied. Je me dis ensuite que je suis stupide; à quoi bon en effet laisser vivre un être inconscient, qui n'a plus aucune joie et nous empêche de mener une vie normale? Ce n'est même pas la question familiale qui me fait agir, ni même un instinct de pitié, mais plutôt un réflexe d'être humain vis-à-vis d'un autre être humain, le fait que la mort étant quelque chose d'irrémédiable, il faut à tout prix en retarder l'échéance. »

Quoi qu'il arrive, ne sortirait-elle pas grandie de l'épreuve, celle qui est capable ainsi à la fois de se juger sans pitié et de se conduire sans faiblesse? Comme en est sortie grandie celle qui, en toute conscience, a refusé le sursis que la science lui proposait.

Elle s'appelle Mme G... Elle habite dans les Vosges. Elle écrit l'une de ces lettres qui nous rendent fiers d'exercer un métier qui nous vaut une telle confiance — fiers et humbles aussi devant ce rôle à mi-chemin du confesseur et du directeur de conscience que l'on nous demande d'assumer.

« Monsieur Lalou,

Je viens d'entendre votre appel à la télévision sur l'euthanasie, et je me permets de vous exposer mon cas. J'ai actuellement quarante-quatre ans, et j'ai perdu mon mari alors que j'avais trente-six ans dans les circonstances suivantes : il était âgé de quarante-trois ans, attaché aux Titres, au Crédit lyonnais de R... Atteint d'une tumeur au cerveau, décelée après de longues recherches, mon mari avait perdu le sommeil depuis de longs mois, puis ce fut la paralysie du côté droit, en même temps une gêne dans la parole se manifestait. Radios du crâne, ponction lombaire, analyse du liquide céphalo-rachidien, électro-encéphalogramme, puis artériographie ont permis de situer une tumeur au cerveau. Tous ces examens ont été faits à la clinique X... à N... Le professeur R... (décédé actuellement et déjà malade à l'époque) remplacé par le professeur M... décident de l'opération. L'opération a lieu le vendredi 13 août 1954 (je ne suis pas superstitieuse, et pourtant, depuis cette date, jamais je n'entreprendrai quelque chose d'important un vendredi 13).

Après quatre heures de travail, durant lesquelles mon mari a subi et suivi l'opération, puisqu'on ne peut faire une anesthésie totale dans de pareils cas, on m'a ramené François dans sa chambre. Le bras droit était débloqué et je me souviendrai toujours de ses premières paroles : " A présent cela va être la convalescence et nous irons la passer à Hauteluce en Savoie. " Hélas! les heures qui suivirent furent atroces pour moi. Nous avions ordre, les infirmières et moi-même, de ne pas laisser s'endormir notre malade. Lui qui, enfin, allait pouvoir dormir, nous devions l'en empêcher. Le professeur surveillait son malade, gagné peu à peu par un œdème de la tête, normal, paraît-il, après de telles opérations. Puis il m'appelle, me disant que la tumeur était plus grosse qu'il ne le pensait, et qu'il faudrait sans doute ouvrir à nouveau pour " racler " un peu plus. " Alors, je le prolongerai d'un an, de dix-huit mois au maximum; peut-être sera-t-il aveugle ou sourd, ou même fou. Je vous laisse réfléchir et prendre votre décision. " Vous devinez mes souffrances, et le combat que j'ai livré seule toute la nuit. Je n'osais entrevoir les moments atroces où mon mari se verrait diminué physiquement et intellectuellement; ses souffrances morales et, malgré tout notre amour (seize ans de bonheur qu'un fils unique avait consacrés), les terribles jours que nous devrions vivre pour aboutir à une mort certaine après combien et combien de souffrances. C'est alors que j'ai compris que c'était beaucoup plus humain, que c'était même une preuve d'amour que de le laisser nous quitter. Et quand le chirurgien est venu chercher ma réponse au matin, je lui ai dit : " Ne touchez plus à mon mari, il faut le laisser s'endormir pour toujours. " Longuement, très longuement, il m'a pris les mains dans les siennes, et le 15 août 1954, à 14 h 20, alors que toutes les cloches sonnaient à toute volée en cette fête de la Vierge, mon mari est monté auprès d'Elle et continue à veiller sur nous. Voilà, monsieur Lalou, je vous ai tout dit, l'émotion m'étreint, et je ne peux que vous présenter mes respectueuses salutations. »

Nous aussi l'émotion nous étreignait. Nous avons pleuré plus d'une fois de vraies larmes devant ce courrier inattendu, bouleversant et qui ouvrait autour de nous des abîmes. Ainsi, parmi ces Français moyens que l'on imagine volontiers « sans histoires » et sur lesquels on ne se retournerait jamais dans la rue, des centaines de milliers ont rencontré sur leur chemin ce drame inhumain, surhumain de « la mort douce » et en sont restés marqués! (Nous disons des centaines de milliers car nous avons reçu personnellement près de dix mille témoignages et que nous savons bien que tous ceux qui auraient pu écrire n'ont pas écrit et que, même s'ils l'avaient fait, cela ne représenterait encore qu'une minorité de Français : ceux qui possèdent la télévision.) Donc, des centaines de milliers de Français ont vécu un drame de conscience qu'ils n'oublieront jamais, qu'ils continuent à retourner dans leur tête, cherchant aide et conseil, espérant une approbation ou une absolution impossibles. Quel plus beau thème pour une émission qui prétend *Faire face* dans toutes les circonstances? Quelle meilleure occasion de prouver que nous étions au service de nos spectateurs et de leurs difficultés, prêts à affronter n'importe quel sujet, même le plus délicat?

Et cependant, peu à peu, un malaise naissait. Enfiévrés par le caractère poignant et souvent sublime des témoignages au milieu desquels nous nous trouvions plongés, sensibles à l'aspect moral et purificateur des expériences qui nous étaient racontées, nous avions oublié l'autre aspect, l'aspect immoral et impur du problème. Quelques lettres vinrent nous rappeler que ce peut être aussi par intérêt, par lassitude ou par bêtise que l'on désire la mort de son prochain. Il y en avait peu : cinq ou six en tout. Mais elles sonnaient comme le glas. Qu'auriez-vous fait, vous, si, au milieu de milliers de lettres exaltant le courage, le désintéressement et la grandeur d'âme de simples mortels qui ne se prennent pas pour des héros de tragédie, vous en aviez trouvé une, une seule du ton de celle-ci?

« Messieurs,

Votre annonce de ce jour à la télévision nous a donné de l'espoir. Vous avez raison : il faut abréger les souffrances de ceux qui mettent longtemps à mourir. C'est une femme à bout qui vous écrit. Toutes les nuits je me lève des trois ou quatre fois pour soigner ma belle-mère qui n'est même pas reconnaissante. Elle voit tout le mal qu'elle nous donne et tout l'argent que ça coûte mais on dirait qu'elle trouve ça naturel. Je finis par m'occuper d'elle plus que de mes enfants. On a beau dire mais des choses comme ça ne devraient pas exister. Nous ferons regarder votre émission à notre malade. J'espère que ce soir-là elle comprendra... »

Cette lettre, elle venait du pays de Maupassant. On imagine sans peine, s'il avait connu la télévision, ce que l'auteur d'*Une vie* aurait fait de cette scène : la famille groupée devant le récepteur, les témoins défilant sur le petit écran et l'aïeule prenant conscience peu à peu, aidée par les commentaires acides de la belle-fille, qu'elle représente une gêne, un poids pour tout le monde et qu'elle est là, impuissante, livrée à ceux qui souhaitent sa fin prochaine... Non, nous n'avions pas le droit.

« Vous n'avez pas le droit. » Ce sont les mots que nous ont dit au téléphone deux inconnus – dont l'un téléphonait du ministère des Finances – et un ami écrivain. *« Vous n'avez pas le droit »,* c'est ce qu'écrivaient aussi quelques correspondants, terrifiés à l'idée que la redoutable indiscrétion de la télévision pût obliger le malade condamné, et que seul son instinct de la vie aveugle encore, à prendre conscience de son état.

Un médecin de Nevers : *« Jamais sujet choisi par vous n'a été plus délicat. Je tremble à l'idée que certains de mes malades verront et entendront votre émission, car je sais que le poste de TV est dans leur chambre.*

J'en connais qui ont toutes les raisons de se savoir perdus et nous nous efforçons, nous, de leur laisser un espoir – contre toute logique.

Il est évidemment souhaitable que ces hommes aient conscience de la situation dans laquelle ils se trouvent et qu'ils envisagent le pire. Certains peuvent conclure au suicide; c'est affaire avec leur conscience. Mais nous n'avons pas à leur suggérer, ni surtout à prendre la décision pour eux. Le sujet est trop grave pour ne pas faire l'objet de méditations personnelles et d'entretiens privés, mais, à mon sens, ce n'est pas une question à débattre en public.

LE DROIT A LA VIE EST UN DROIT NATUREL QUI SE SITUE SUR UN PLAN SUPÉRIEUR A NOTRE RAISONNEMENT. »

Nous sentions peu à peu notre conviction chanceler. Nous nous sentions de moins en moins le droit de mettre sur pied cette émission attendue par des millions de spectateurs et apparemment souhaitée par l'immense majorité de ceux-là mêmes qui avaient été les protagonistes du drame. C'est une simple carte-lettre, sans enveloppe, qui nous a fait définitivement renoncer. Pas signée, elle portait le tampon de la poste d'Asnières et, dans un coin, la mention soulignée : *« A ne pas photographier. »* Pourquoi? En tout cas, sur ces quelques lignes péniblement écrites, notre grand projet se brisait sans rémission.

« Messieurs Igor Barrère, Étienne Lalou,

J'ai été opérée d'une tumeur cancéreuse. Je souffre et je sais que je vais mourir. Je suis pour l'euthanasie. Mais de toutes mes forces, de tout mon cœur, je fais appel à votre conscience et votre cœur.

Si vous faites cette émission, vous commettrez un crime monstrueux de cruauté, volontaire et inutile contre les incurables et surtout contre leur famille. Le procès contre la souffrance doit être fait à huis clos par les médecins qui connaissent les corps et les âmes de leurs malades. »

Ainsi, il nous fallait renoncer à notre entreprise. Il nous fallait y renoncer à cause de la puissance de la télévision, alors que c'était précisément la puissance de la télévision qui nous avait permis de connaître l'étendue et la gravité du drame humain que nous voulions aborder! Nous nous trouvions devant l'une des plus passionnantes enquêtes qu'il soit possible de mener dans les profondeurs de la conscience collective et devant l'impossibilité d'utiliser ce moyen d'expression de la conscience collective qu'est la télévision!

Fallait-il pour autant renoncer à porter devant l'opinion publique un problème beaucoup plus fréquent et encore plus dramatique que nous ne l'imaginions? Avions-nous le droit, même, de laisser inexprimés ces milliers de témoignages dans le grand procès, toujours actuel, de l'euthanasie?

Peut-être suffisait-il de recourir à un autre mode d'expression? Une enquête dans un grand quotidien risquait d'atteindre, elle aussi, une partie importante de l'opinion publique, mais composée uniquement de volontaires; d'autre part, le récit imprimé risquait de choquer moins, de laisser le temps de la réflexion, de ne pas se prêter à une interprétation tendancieuse ou même criminelle.

Avant de prendre une décision, nous avons consulté ceux qui avaient bien voulu faire de nous leurs confidents et même leurs confesseurs. Nous avons adressé à un certain nombre de nos correspondants une lettre les informant des raisons pour lesquelles nous renoncions à notre émission et de notre désir de la transformer en une enquête journalistique. A trois exceptions près, tous ont approuvé notre projet et nous ont autorisés à citer leur lettre; beaucoup ont même ajouté que cela représentait comme une justification et une compensation de leur épreuve que de la voir servir à éclairer d'autres esprits; presque tous enfin se sont déclarés prêts à nous recevoir.

Nous avons donc décidé de partir à travers la France pour recueillir les témoignages qui nourriraient notre enquête. Nous allions connaître nos correspondants sans visage, les rencontrer chez eux, dans leur décor, au milieu des leurs, approfondir avec eux un débat intérieur qui, après avoir été un long monologue solitaire, allait devenir, grâce à notre enquête, une conversation générale où l'ancien combattant alsacien répondrait à la jeune fermière bretonne et la femme de l'officier de marine de Toulon au pharmacien de Boulogne-sur-Mer, une conversation dramatique, passionnée entre les Français sur le thème de la vie et de la mort. Nous nous forgerions peu à peu, patiemment, une opinion — nous qui entreprenions notre enquête sans idée préconçue, seulement parce qu'il était impossible de ne pas la faire.

Cette enquête, la formule même du quotidien à grand

tirage et certaines nécessités d'actualité l'ont empêchée d'avoir tout le développement que nous souhaitions. Nous sommes heureux de pouvoir la publier aujourd'hui en livre sous une forme beaucoup plus complète et avec les prolongements psychologiques, moraux, scientifiques et philosophiques qui s'imposaient.

4

Ce moment de destin trop grand pour nous

« Monsieur,

Que celui qui n'a pas, pendant des nuits, des jours, des mois, entendu, entre deux hurlements de douleur, la voix d'un être cher le supplier d'achever ses souffrances, ne se hâte pas de porter un jugement sévère et définitif sur le cas de conscience que pose le problème de l'euthanasie.

Pour ma part, j'ai enduré ce cauchemar, il y a dix ans. Votre appel réveille en moi tant de souvenirs douloureux que je ne puis m'empêcher d'y répondre.

Ma mère avait un cancer. Opérations, rayons, traitements de toutes sortes, n'amenèrent qu'une amélioration de très courte durée.

Elle s'alite définitivement en février 1951. Sa lente agonie commence très vite, les analgésiques courants sont sans effet sur les douleurs qui augmentent. Les métastases se multiplient ainsi que les plaies purulentes sur son corps. La morphine maintenant ordonnée, et dont les doses sont de plus en plus rapprochées, l'engourdit. Quand elle reprend conscience, la souffrance devient intolérable. On approche de juin. Il fait chaud; par la fenêtre ouverte on entend, très loin, ses hurlements dans la rue. Les sœurs de Saint-Vincent-de-Paul et moi lui faisions toutes les piqûres. Les hautes doses de morphine ne calment plus totalement ses douleurs; dans ses rares instants de lucidité, elle me supplie de mettre un terme à son martyre. Parfois aussi, elle reprend espoir; je ne sais vraiment par quelle aberration! Nous savions tous que chaque jour était un pas vers la mort, inévitablement. C'était une femme extrêmement courageuse. L'immense amour qu'elle me portait (je suis fille unique, et ma mère m'a mise au monde à quarante-deux ans) la rendait sublime. Je dormais dans sa chambre et je la voyais mordre son oreiller pour étouffer ses cris, pensant ainsi me réveiller moins souvent la nuit.

Le mois de juillet arrive. Elle perd complètement conscience. Ses yeux, sa bouche restent ouverts. Rien de vivant apparemment. Son pauvre corps décharné et purulent répand dans la maison une odeur pestilentielle. Les mouches se collent sur son visage; je dois la recouvrir d'un linge. Il faut attendre... attendre quoi? que le cœur s'arrête de battre!

Je vous assure que mon amour pour ma mère était aussi immense et si, à ce moment, la pensée d'abréger cette souffrance m'est venue, c'est ce seul sentiment qui m'eût fait agir. Le 27 juillet, enfin (que ce petit mot est cruel) mais oui, enfin, ma mère cesse de souffrir, par la volonté de Dieu.

Je m'excuse de tous ces détails, mais ce sont eux qui expliquent que des pensées, peut-être criminelles aux yeux de la loi, puissent venir à l'esprit.

Pourquoi, par deux fois, n'ai-je pas agi? Par lâcheté. Non pas envers Dieu : je suis chrétienne, mais je pense qu'il m'aurait pardonné. J'ai eu peur du jugement des hommes : je n'avais que dix-neuf ans. Je n'ai pas eu le courage devant eux de supprimer cette vie douloureuse. Si je suis en règle avec la loi, ma conscience est poursuivie par le souvenir de mon impuissance à calmer la douleur de l'être qui m'était le plus cher.

Peut-être qu'un jour la législation permettra d'abréger le martyre de ceux qui sont irrémédiablement condamnés. »

La jeune femme qui a écrit ces lignes a aujourd'hui vingt-neuf ans. Elle vit sur la Côte d'Azur avec son mari et ses deux enfants, dans une petite maison au milieu des arbres fruitiers. Par la baie vitrée, on a une vue admirable sur la mer, mais Mme N... n'aime pas ce pays; elle le trouve trop violent, trop énervant; elle préfère « la douceur angevine » qui a enveloppé son enfance. Elle a besoin de douceur et de calme, Mme N..., parce que, malgré son jeune âge, elle a déjà trop souffert et vu souffrir. (Son mari, qui est un bon vivant, lui dit en riant qu'elle a toujours attiré les catastrophes!) Il y a dix ans que sa mère est morte et le drame est toujours aussi présent en elle. Avec sa sensibilité retenue, sa voix ferme qui fléchit de temps à autre, les lueurs d'effroi qui passent dans ses yeux, elle *incarne* ce drame : tant qu'elle vivra, il continuera à exister.

« *Trois mois avant ma mère, j'ai perdu un oncle du même mal. C'était un homme très au-dessus de la moyenne, un homme d'une grande élévation. Il prenait des notes tous les jours. Une fois, il m'a montré : il notait en détail ses misères et ses souffrances. Il voulait publier un livre qui s'appellerait* la Mort d'un cancéreux...

— Pour quoi faire?

— *Pour prouver à ceux qui font la loi que, dans certains cas, l'euthanasie devrait être autorisée.*

— Il ne croyait pas en Dieu?

— *En Dieu, pas exactement. Mais il croyait à l'au-delà...*

— Et vous?

— *Moi, je suis chrétienne, mais je trouve que tous ceux qui n'ont pas vécu ce cas de conscience ne peuvent rien y comprendre, ne devraient même pas en parler. Avec leurs théories, les prêtres et les médecins sont à côté de la question. Il y a des cas où on souhaite voir mourir, de toutes ses forces, et où la seule prière qui puisse encore monter aux lèvres, c'est celle qui implore la mort...* »

« Ceux qui n'ont pas vécu cela ne peuvent rien y comprendre... » c'est le *leitmotiv* de la plupart des lettres que nous avons reçues, c'est le refrain que nous ont répété ceux de nos correspondants à qui nous avons rendu visite. Et il

est bien vrai qu'en les écoutant revivre « ce moment de destin trop grand pour nous », comme l'écrit l'un d'eux, il est impossible de ne pas se trouver transporté très loin de notre monde quotidien, bien au-delà des règles et des conventions édictées par les hommes. Les prêtres, les hommes de loi et les médecins ne peuvent plus rien pour vous dans ce moment de vérité où seul, face à votre conscience, vous endossez la plus terrible responsabilité qu'un être humain puisse avoir à prendre. Et c'est cela, sans doute, qu'ils ne veulent pas admettre, les prêtres, les hommes de loi et les médecins : qu'il existe quelque chose qui leur échappe. C'est pourquoi certains d'entre eux crient au faux problème, au cas de conscience pour intellectuel dostoïevskien. Qu'ils écoutent seulement trois histoires après celle de Mme N... : l'histoire de trois personnes qui se sont trouvées (ou se trouvent encore) enfermées dans un drame dont la seule issue est la mort. Et qu'ils disent ensuite s'il s'agit d'un faux problème ou du plus grave de tous les cas de conscience! Qu'ils disent s'il est humain de s'abriter derrière un Texte ou une Parole et de laisser les pauvres hommes se débattre comme des poissons dans l'air!

M. D... a trente-six ans. Il en porte trente à peine. Il est grand, élégant, sportif. Il a un beau visage ouvert où brillent des yeux clairs. Seul le regard surprend : on n'y lit pas seulement une grande tristesse mais comme un appel au secours, un appel désespéré. Nous nous promenons en discutant comme de vieux amis dans les allées poussiéreuses d'un jardin qui pourrait être un jardin public mais qui est, en réalité, le jardin d'un hôpital psychiatrique quelque part en province. Car M. D... est schizophrène. Il est en traitement depuis quinze ans et ne croit plus à la guérison possible.

Il parle posément, lucidement, avec une grande confiance. Il décrit ses illusions et ses tourments comme s'il s'agissait de la déchéance d'un autre. Il ne sait pas bien comment cela a commencé. Étudiant en droit, après la Libération, il se bourrait d'ortédrine pour préparer les examens, « comme les autres ». Est-ce l'abus de médicaments, un chagrin d'amour, l'échec à l'examen – ou tout cela à la fois? Après une crise de mélancolie profonde, il s'est évanoui et est demeuré pendant trois mois dans la nuit. L'insuline l'a sorti de là, mais à quel prix! Il n'a jamais retrouvé le contact avec la vie. Dans les meilleurs moments, il traîne avec lui une espèce d'indifférence à vivre, de lassitude, d'impossibilité de se concentrer. Il n'est bon qu'à essuyer la vaisselle et balayer sa chambre. Tous les soirs, il se sent tomber au creux de la vague, une vague de plus en plus profonde, jusqu'à la crise; là il devient la proie de l'angoisse et se met à hurler à la lune, à la mort, comme un chien...

« Vous comprenez : toute ma vie tend vers la mort. La mort, elle représente pour moi le grand sommeil, la fin de cette injustice sans nom qu'est l'existence, la fin de mes souffrances... Mais que pouvons-nous espérer, nous les malades incurables, tant que l'Église n'aura pas pris parti en faveur de l'euthanasie?

– Vous êtes croyant?

– Je crois à un Dieu terrible, cruel, dont je ne comprends pas la volonté mais aux commandements duquel je dois obéir. »

Il se retourne brusquement et plonge son regard pathétique dans le nôtre :

« De toute façon, je suis un mort-vivant, n'est-ce pas; alors pourquoi faut-il que je souffre aussi atrocement? »

Comment, en le quittant, ne pas entendre résonner à nos oreilles les paroles de Nietzsche exigeant l'euthanasie *« pour les parasites de la société, ces malades pour lesquels il est inconvenant de vivre plus longtemps, qui végètent lâchement, ayant perdu le sens de l'avenir »?* Avait-il lu Nietzsche, M. D..., lui qui avait *« perdu le sens de l'avenir »?* Ou bien sa pensée, venue de l'horizon opposé, celui des victimes, rencontrait-elle par hasard celle du philosophe germanique?

Nous savions ce qui nous attendait en sonnant à la porte du ménage L..., à Nantes. La mère nous avait écrit :

« J'ai mis au monde le 13 juin 1956 un petit garçon normalement et parfaitement constitué mais qui a fait dès la naissance une hémorragie cérébro-méningée due au forceps. Il a maintenant cinq ans et demi. IL EXISTE... MAIS IL NE VIT PAS. En effet, malgré tous nos soins et notre tendresse, il n'a absolument rien récupéré : il ne marche pas, ne s'assoit pas, ne tient même pas sa petite tête, qui tombe de tous côtés, ne peut remuer ses petits bras, ne voit pas, fait tout sous lui. Je dois l'alimenter comme un bébé. En un mot, il est entièrement inconscient... »

L'enfant est là, dans son lit, dans l'une des deux pièces que les L... occupent au-dessus d'un café. C'est un spectacle d'autant plus poignant qu'au premier abord Jean-Luc ressemble à tous les enfants du monde. Comment deviner que ces magnifiques yeux noirs pleins de tendresse n'y voient pas? Il faut y regarder de plus près pour découvrir que les lèvres et les gencives sont complètement déformées. Il faut tirer le drap pour révéler les poignets tordus, les chevilles cassées, les pieds atrophiés. Mme L... le contemple avec amour et mélancolie; elle ne croit plus à une amélioration possible.

« Nous avons tout essayé, monsieur. Nous sommes allés d'un spécialiste à l'autre, dépensant beaucoup d'argent dans l'espoir d'obtenir un résultat. Ils nous ont laissé de moins en moins d'espoir. Alors, fous de douleur, nous avons couru les magnétiseurs... qui n'ont pas fait de miracles. Nous avons essayé l'homéopathie sans plus de succès. Un jour, nous l'avons même enduit de graisse de bœuf des pieds à la tête parce qu'une voisine en avait parlé... Toute notre vie tournait autour de lui. J'ai lâché mon métier...

– Que faisiez-vous?

– *J'étais comptable-mécanographe.*

– Et vous, monsieur?

— Je suis représentant. C'est un métier dur. Il faut toujours sourire, même si on a des idées noires. Les clients vous fichent dehors si on n'a pas l'air gai!

Ils semblent pris au piège, tous les deux. Un piège d'amour et de devoir qui s'est tissé lentement autour de cet enfant à peine humain qui, par sa seule existence, les empêche de vivre une vie normale. Lui est résigné. Elle proteste :

Je suis comme cloîtrée ici : le petit est difficile à transporter, il lui faut des soins continus et je ne peux le confier à personne. Nous avons eu une année de bonheur, la première. Dès la naissance de notre petit, quelque chose s'est brisé en nous : notre confiance dans la vie.

— Pourquoi n'essayez-vous pas d'avoir un autre enfant?

— Nous avons trop souffert, et souffrons encore trop pour tenter une nouvelle expérience. Je ne peux m'empêcher de penser que si le petit était mort à la naissance, nous aurions été très malheureux mais nous n'aurions pas été marqués pour la vie comme c'est le cas.

— Et maintenant?

— Maintenant, j'y suis attachée comme à un enfant normal, plus même peut-être, le pauvre petit : il a tellement besoin de moi. Le jour où il s'en ira, il nous manquera, vous savez. Je pense que nous serons soulagés mais je suis sûre que nous aurons beaucoup de peine... Ah! quel gâchis, monsieur! Vous ne croyez pas que les médecins qui nous l'ont abîmé auraient dû au moins avoir le courage de lui donner la mort, puisqu'ils ne pouvaient plus lui donner la vie? »

« Le courage de donner la mort... » Au-delà de toutes les règles communes, humaines ou divines, comment douter que, dans certaines circonstances, des êtres purement désintéressés puissent considérer qu'il faut plus de courage et de charité vraie pour donner la mort que pour prolonger la vie? Et si ces circonstances restent exceptionnelles dans la vie courante, comment oublier que la guerre multiplie les cas de conscience de ce genre et leur prête, en même temps qu'une horreur spectaculaire, un caractère plus impérieux encore puisqu'il faut prendre une décision en quelques minutes, agir en quelques secondes?...

Entre mille, voici, par exemple, l'effrayante histoire que nous avons trouvée dans notre courrier. La lettre était anonyme – ce qui était le cas de quelques-unes seulement. Mais comment douter de sa véracité en la lisant? Comment douter de la sincérité du correspondant qui, après coup, avait découpé le bas de sa lettre avec une lame de rasoir pour supprimer sa signature et avait ajouté à part ce post-scriptum :

« J'avais signé ma lettre, mais des amis à qui je viens de la montrer me font remarquer qu'elle risque d'être lue à la Censure et que cela peut me faire des ennuis. Je préfère, dans ces conditions, rester anonyme. Mais les faits sont exacts et je vous donne ma parole d'officier de réserve que ce n'est pas par lâcheté que je ne signe pas, mais uniquement par prudence. J'ai eu beaucoup de mal à me faire une situation. Je tiens toutefois à vous faire part de mon témoignage, même s'il est inutile.

Avec mes regrets. »

La lettre, elle, est terrible :

« Je sais que, racontée avec des mots, mon histoire va vous paraître odieuse, mais nous sommes bien obligés de nous servir de mots pour décrire même ce que nous voudrions oublier.

Je me suis donc trouvé dans l'obligation de " faire un choix " et je vous assure que ce n'est pas facile. J'avais vingt-quatre ans à l'époque. Je suis d'une famille modeste : études secondaires, littéraires, etc. Rien d'un tueur ni d'un desperado. J'étais sous-lieutenant d'infanterie coloniale. Je tenais avec ma section (vingt-quatre hommes plus dix-huit partisans annamites) le poste de H... C... dans le Sud-Vietnam (en ce temps-là la Cochinchine). C'était en mars 1945.

Vers 16 heures, la radio du poste de B... D... m'avertit qu'un convoi composé d'un Dodge et d'une jeep avait été attaqué au gué de T... D... Le Dodge avait réussi à passer, mais la jeep était restée sur place. Il y avait à bord deux légionnaires plus un capitaine et un chef de bataillon. J'ai bourré mes deux Dodge d'une quinzaine d'hommes et nous avons foncé.

A quelques centaines de mètres de l'embuscade, nous avons été accueillis par quelques coups de fusil, puis plus rien. En progressant, nous avons retrouvé la jeep incendiée avec les deux légionnaires tués au milieu d'un amas de douilles. Sur la route, à deux cents mètres, le corps du capitaine gisait, décapité. Et sur la gauche, adossé à une paillote, le chef de bataillon, empalé sur un bambou, le visage tuméfié, une jambe disloquée, des plaies sur tout le corps, à moitié nu... Il était encore vivant, vomissant le sang par saccades, hoquetant, râlant. Je ne sais pas s'il était conscient ou inconscient, mais le spectacle était horrible, même pour nous qui avions fait l'Italie, la France et l'Allemagne. Le bambou lui sortait sous l'omoplate droite, je crois.

Nous sommes restés figés. Un de mes hommes s'est enfui et est entré dans les paillotes en vidant son fusil. Je n'avais avec moi qu'un infirmier, le caporal-chef G... Il avait pris avec lui sa trousse où se trouvaient cinq ou six boîtes d'ampoules de morphine. Je lui ai dit de les utiliser. Il m'a fait remarquer que plus d'une ampoule risquait de tuer cet officier. Avec mon adjoint, nous nous sommes regardés et L... m'a dit : " Tu sais, mon lieutenant, il n'en a pas pour longtemps, de toute façon. " J'ai donc pris TOUTES les ampoules de morphine et j'ai piqué moi-même, où je pouvais.

Il est mort un peu plus d'une demi-heure plus tard, bien avant en tout cas l'arrivée du convoi de bataillon et de l'ambulance (alertés par la radio). Mais avant de mourir, sa figure avait repris une certaine sérénité; nous avions pu lui retirer le bambou et il semblait dormir. Les toubibs ont déclaré qu'en aucun cas il n'aurait pu survivre et que, sans la dose de morphine, il aurait atrocement souffert.

Voilà. Je n'ai jamais oublié cela. Je ne sais encore si j'avais le droit de faire ce que j'ai fait. Mais, si c'était à refaire, je n'hésiterais pas une seconde... »

Que prouvent-elles, ces quatre « tranches de vie », ces quatre confessions palpitantes d'humanité que nous avons reçues au visage entre des centaines d'autres aussi bouleversantes?

Elles prouvent d'abord que le problème se pose, qu'il se pose le plus souvent avec une exigence impossible à éluder et qu'il ne se présente pas, comme certains voudraient le faire croire, sous l'aspect d'un débat intérieur réservé aux faibles d'esprit ou aux amateurs de psychologie. Il se pose d'une manière lancinante, non seulement à ceux qui l'ont vécu dans toute son intensité et qui n'oublieront jamais la trace au fer rouge laissée dans leur vie et dans leur conscience, mais aussi à ceux qui, comme nous, sont en quête de la vérité et se trouvent brusquement assaillis par elle, terrassés, terrifiés. A vous aussi peut-être, qui, en lisant ces lignes, vous découvrirez concernés par l'euthanasie et vous demanderez quelle réponse donnerait votre conscience, vous qui savez maintenant que, demain peut-être, le grand dilemme angoissant peut vous fondre dessus comme un vautour. Sauriez-vous donner la mort? L'ayant donnée, seriez-vous capable de supporter votre acte? Mais le remords, si vous ne l'aviez pas donnée, ne serait-il pas plus grand encore que si vous l'aviez donnée?

Parce que le problème se pose et parce qu'il est si grave, faut-il envisager de réviser la loi ou d'assouplir le dogme? Chacun des milliers de cas dont nous avons eu à connaître, chacun de ceux que nous allons exposer est si particulier qu'il remet à lui seul toute conclusion en question. Aussi profondément et sincèrement qu'ils soient vécus, ils se contredisent les uns les autres. Dans les mêmes circonstances, après le même drame de conscience, avec la même élévation de pensée, deux personnes de même sexe, de même milieu et de même âge donnent au même problème une solution opposée, PERSONNELLE.

C'est cela que nous voudrions traduire : cette dignité, cette grandeur de la personne humaine confrontée au plus tragique des cas de conscience, indépendamment de la réponse individuelle. Après tout, Montaigne était partisan de l'euthanasie et Pascal adversaire; Montesquieu et Voltaire la prônaient et Jean-Jacques Rousseau l'abhorrait. Pourquoi la France actuelle ne serait-elle pas, elle aussi, divisée en deux camps, ni plus méprisable ni plus estimable l'un que l'autre?

Elles prouvent autre chose, nos quatre confessions. Elles prouvent que si le cas de conscience que pose la mort douce est toujours aussi pathétique, les circonstances peuvent être très différentes. Si la mort et le désespoir n'étaient leurs communs dénominateurs, quelle parenté y aurait-il entre le destin d'une vieille femme cancéreuse, d'un enfant atteint d'encéphalite, d'un jeune homme fou qui garde assez de raison pour ne pas commettre le suicide et d'un chef de bataillon empalé par les Viets, quelque part en Indochine?

Pour les besoins de notre enquête, nous avons dû classer les cas d'euthanasie en quelques grandes catégories. Ce sont ces grandes catégories que nous allons examiner maintenant à l'aide d'un certain nombre d'exemples vécus, avant d'aborder l'aspect théorique de l'euthanasie, le problème moral qu'elle pose à l'individu, à la société, aux médecins et aux prêtres et les réponses que donnent les autorités.

Nous commencerons par la guerre et par les multiples cas de conscience euthanasiques qu'elle soulève par définition, de par son existence même.

5
Le champ de bataille

« Messieurs,

Votre enquête sur l'euthanasie me permet de vous exposer ce qui est pour moi depuis bien longtemps un cas de conscience. J'ai tué un homme, un camarade, pour lui éviter les affres d'une agonie consciente.

Au cours des furieux combats qui se déroulèrent au printemps 1915 en Artois, bien des nôtres tombèrent, déchiquetés par les obus, hachés par les mitrailleuses; mon camarade fut un de ceux-là. Un gros éclat d'obus lui ouvrit le ventre. Pas question de son transport au poste de secours. D'ailleurs, la blessure était horrible à voir; elle était de celles qui ne pardonnent pas.

C'est ce mourant qui me demanda, qui me supplia d'abréger ses souffrances. Et je l'ai fait.

Certes, dans la rigidité des lois tant civiles que militaires, je suis coupable d'homicide. Mais d'abord c'était la guerre; on m'avait appris à tuer. Mais mon camarade, je ne l'ai pas tué, il l'était presque déjà; je l'ai délivré de l'angoisse des ultimes soubresauts de la lutte entre la vie et la mort.

Je vous ai exposé ce cas de meurtre par compassion humaine pensant qu'il vous aidera dans votre enquête sur ce grave et douloureux conflit de conscience qu'est l'euthanasie. »

Mais d'abord, c'était la guerre : on m'avait appris à tuer. Tout le drame tient dans ces quelques lignes. Au nom de quels principes, dans un climat où la mort est devenue un fait quotidien et où les circonstances font du meurtre un devoir, irait-on condamner celui qui tue par pitié?

Nous avons reçu des centaines de lettres évoquant le champ de bataille, son atmosphère particulière, l'étrange couleur qu'il donne au cas de conscience. En Alsace, en Belgique, en Afrique du Nord, en Indochine ou dans la steppe russe, les mêmes mots reviennent : *« Il souffrait tellement... Il fallait faire vite... J'ai pensé que je me débrouillerais plus tard avec ma conscience... »* Et les plus pathétiques de ces lettres émanent parfois de ceux qui n'ont pas agi, de ceux qui ont appliqué en guerre les règles morales du temps de paix et qui se demandent aujourd'hui encore s'ils ont eu raison :

« Jeune sous-lieutenant, chef d'une section de combat, je participais en mai 1959, dans le Nord-Constantinois, à une opération montée par mon régiment et à laquelle participaient également d'autres unités.

Nous étions arrivés dans une mechta au cours d'une marche déjà longue et épuisante dans le djebel aride des premiers contreforts de la petite Kabylie, et la fouille systématique des gourbis avait commencé lorsqu'un de mes hommes vint me prévenir que dans l'un d'eux il y avait un blessé.

Je m'y rendis aussitôt et là je fus le témoin d'une scène particulièrement douloureuse. Couché sur une vieille natte salie et usée, au milieu d'un misérable gourbi, un homme d'une quarantaine d'années, vêtu d'une djellabah tachée de sang, râlait doucement.

Il avait été surpris par une patrouille de l'aviation de chasse, support des troupes au sol, dont la mission était de mitrailler tout fuyard. Grièvement blessé, il réussit à se traîner dans le gourbi le plus proche et c'est là que nous l'avons découvert.

De ce gourbi s'échappait une odeur fétide à laquelle venait s'ajouter l'âcre odeur de fumée, qui faisait mal aux yeux, d'un feu de paille humide et de galette de boue séchée, qu'entretenaient deux femmes accroupies, muettes dans leur coin et qui semblaient veiller ce mort-vivant et voulaient le réconforter en faisant du feu à ses côtés.

L'homme, dont l'issue fatale ne faisait plus de doute et qui nous regardait fixement de ses yeux dont l'expression était terrible à regarder, nous suppliait de l'achever. Nous n'avions malheureusement aucun remède du genre morphine qui aurait pu atténuer ses souffrances; de plus, privé de tout contact avec une autre unité voisine par suite d'une avarie de notre poste radio, il m'était impossible et difficile de demander un quelconque secours pour ce blessé. En outre, les impératifs de ma mission m'obligeaient à ne pas m'attarder outre mesure et à continuer la progression pour ne pas être décalé par rapport aux autres unités qui avançaient de pair à ma droite et à ma gauche.

Je fus placé devant un cruel dilemme : fallait-il laisser mourir dans des souffrances inhumaines cet homme dont le seul crime était peut-être d'avoir fui à notre approche, ou fallait-il achever d'une rafale ce blessé qui souhaitait mourir rapidement et pour lequel il n'y avait plus d'espoir? Sa vie aurait été abrégée de quelques heures peut-être, mais combien de longues minutes de souffrances atroces en moins!

C'était là une douloureuse question à résoudre et qui aurait demandé un temps de réflexion beaucoup plus long que celui dont je disposais alors.

Est-ce par souci de la Moralité, est-ce par observation du commandement : " Tu ne tueras point ", est-ce par respect des conventions de la Croix-Rouge, est-ce par peur de commettre un acte criminel, est-ce parce que j'avais à mes côtés des soldats musulmans qui vivaient le drame d'un des leurs, j'ai choisi la première solution.

Était-ce la bonne? Je ne le sais toujours pas.

Nous avons quitté le misérable gourbi, abandonnant à ses horribles douleurs un homme mutilé, agonisant lentement, qui avait peut-être espéré un instant que les " lascars Francessa " (soldats français) qui " massacraient tout sur leur passage " l'auraient achevé.

Les deux femmes accroupies ont continué de veiller le mori-

bond, tandis que nous reprenions notre progression sans avoir apporté le moindre soulagement aux souffrances physiques de cet homme.

Voici, exposé tel que je l'ai vécu, un cas concret douloureux qui ne doit pas manquer de donner à réfléchir à quiconque a conscience de la valeur de la personnalité humaine. »

Comme il est facile à imaginer, et comme il est représentatif de milliers de jeunes hommes de sa génération, cet étudiant sorti d'un milieu aisé, ayant reçu une bonne éducation et de bons principes et jeté dans la guerre avec un galon de sous-lieutenant à peine ses examens terminés! Cela aussi, la guerre, il veut le faire consciencieusement : c'est le Devoir! Mais ce Devoir ne ressemble pas aux devoirs d'étudiant. Les règles de ce jeu sont plus confuses que celles des examens et, même organisé comme l'est ce garçon, on est bientôt bousculé, roulé dans quelque chose d'immense, de cauchemardesque où les bons principes du temps de paix n'ont plus cours.

D'abord, tout va trop vite. Une question *« qui aurait demandé un temps de réflexion beaucoup plus long que celui dont je disposais alors »,* nous dit notre correspondant, une question que le destin vous assène comme un coup de massue. Mais qu'aurait-il fait d'autre, de toute façon, s'il l'avait eu, ce temps de réflexion? N'aurait-il pas continué, interminablement, à tourner en rond pris dans les mêmes scrupules, dans le même système de règles morales? Un système que la guerre nie, tourne en dérision puisqu'elle signifie l'avènement de la barbarie.

Et voilà notre bon jeune homme rejeté dans la vie civile, marié, père de deux enfants déjà, dirigeant avec succès la petite usine paternelle, près de Montbéliard, et retrouvant chaque soir en s'endormant des questions lancinantes qui demeureront toujours sans réponse et que le temps seul effacera peu à peu : Est-ce par moralité? Est-ce par convention? Est-ce par peur? Est-ce par respect humain? Aurais-je dû? N'aurais-je pas dû? Suis-je un criminel de ne pas avoir donné la mort? Aurais-je été un assassin si je l'avais donnée?

Pour mieux comprendre le cas de conscience de ces guerriers, aujourd'hui retraités mais qui n'oublieront jamais cet épisode de leur vie, nous sommes allés voir trois d'entre eux : l'un qui a tué par pitié et qui ne sait toujours pas s'il a bien fait, un autre qui n'a pas accompli l'acte mais approuve celui qui a eu le courage de le faire et le troisième qui a donné la mort en ayant sa conscience pour lui mais qui a dû subir la désapprobation de son entourage et de ses chefs.

M. Jos Clemens nous avait écrit :

« J'ai été amené à achever mon meilleur camarade pendant la dernière guerre. Je suis de nationalité allemande. Je faisais partie d'une division de Waffen S.S. engagée contre la division d'élite russe Staline... »

Nous n'en savions pas davantage. C'était assez cependant pour brûler d'envie d'« aller y voir ». L'homme ne nous a pas déçus, si nous avons longuement tourné dans le soir tombant avant de découvrir la baraque qui lui sert de domicile dans le quartier le plus déshérité de Buzenval. Grand et athlétique, M. Clemens a perdu une jambe à la guerre. (Il nous en parlera tout à l'heure.) Autrement, il aurait ce que l'on appelle « l'allure sportive ». Il se contente de tirer à l'arc dans le petit bout de jardin où poussent des pneus et des chambres à air en guise d'arbres et de fleurs.

Il s'exprime lentement mais dans un excellent français. Nous l'écoutons en buvant le vin doux acheté en notre honneur par son épouse cependant que l'énorme chien de berger de la maison nous écrase les pieds ou se frotte à nos jambes.

« J'avais dix-huit ans. Après quelques mois dans la Wehrmacht, j'avais été versé dans les Waffen S.S. et envoyé sur le

front russe. En face, c'était la division Staline : des Mongols. Entre nous, il n'y avait pas de quartier.

J'étais " lance-flammes ". J'étais chargé d'arroser l'intérieur des blockhaus pour les nettoyer. Un jour, j'ai regardé : les corps que je " grillais " étaient tout rabougris, comme des nains...

– C'était horrible!

Tout était horrible. Le champ de bataille n'était plus qu'un grand terrain vague plein de trous, comme la lune. C'était l'enfer! Un jour, avec notre section, nous nous étions trop avancés; nous nous sommes trouvés coupés du reste de la division. Le lieutenant nous a envoyés, mon meilleur copain et moi, pour porter un message aux nôtres. Nous avons rampé au milieu des obus et des fusées. Chaque fois que nous nous laissions tomber dans une tranchée, c'était plein de cadavres! Et puis nous avons été repérés par une mitrailleuse soviétique. Il a fallu se séparer. J'ai recopié le message et nous sommes partis chacun de notre côté, moi à droite, lui à gauche. Cinq heures plus tard, je suis arrivé dans nos lignes, complètement crevé. J'ai donné mon message et je me suis endormi comme une masse.

– Et le copain?

– J'ai dormi quatre heures. Quand je me suis réveillé, j'ai demandé des nouvelles du copain. Personne ne l'avait vu, mais il fallait que je retourne rejoindre ma section pour dire que le message était bien parvenu.

– Ils voulaient votre peau!

– On ne discutait pas chez les S.S.! Je suis reparti, mais j'ai pris le chemin que mon camarade avait dû suivre. J'espérais le retrouver... Je l'ai bien trouvé, mais ligoté à ce qui restait d'un tronc d'arbre, entouré de trois cadavres russes et d'une mitrailleuse renversée. Il râlait, le ventre ouvert, les tripes à l'air.

– Les tripes à l'air!

– Oui, les autres avaient cherché à lui tirer des renseignements. Leur grand truc, c'était de mettre un gros rat dans une casserole et de vous l'attacher sur le ventre. Ils faisaient

un trou au fond pour passer une baïonnette rougie au feu et ils piquaient le rat qui devenait fou et, pour s'évader, mangeait le ventre...

— Il avait perdu connaissance, au moins?

— Non, il m'a reconnu. Il m'a supplié de l'achever. J'ai essayé de le détacher et de le transporter sur mon dos, mais je n'aurais pas pu aller loin dans cet enfer! Et puis il souffrait de plus en plus. Il criait : " Je suis foutu! Tue-moi! " Avec sa main, qui pendait le long de son corps, j'ai vu qu'il essayait d'attraper mon revolver, dans ma botte. Alors, je l'ai couché par terre et je l'ai tué...

— Vous l'avez dit aux autres?

— A personne. Mais trois jours plus tard, alors que nous avions réussi à nous dégager et que nous allions rejoindre la division, j'ai sauté sur une mine. Je me suis réveillé avec une jambe en moins et un garrot qui me faisait horriblement mal. Pendant six jours, j'ai souffert le martyre et je me disais que j'étais à la limite de la douleur, que mon copain n'avait pas pu souffrir davantage et que, puisque je le supportais, il aurait pu le supporter, lui aussi; peut-être même qu'on aurait pu le sauver... Moi, je ne suis pas médecin, je ne pouvais pas savoir.

— Et si c'était à refaire, aujourd'hui?

— Si c'était à refaire, je le referais — mais je ne suis pas médecin; on aurait peut-être pu le sauver... »

M. Flamand, lui aussi, était tout jeune quand le terrible cas de conscience s'est imposé à lui. Lui aussi a « l'allure sportive ». S'il a conservé ses deux jambes, il a bien failli perdre un bras. Nous tournons presque aussi longtemps dans le faubourg de Lyon où il habite que dans Buzenval à la recherche de M. Clemens. Il ne vit pas dans une baraque mais dans une coquette villa d'où l'on domine une partie de la ville. Malheureusement, il pleut, le soir tombe et un sale brouillard jaune enveloppe Lyon dans son linceul...

Il fait bon, trop chaud même dans la grande salle à manger

moderne où trône le récepteur de télévision – le commun dénominateur entre tous ces gens et nous! Pendant que les enfants regardent le feuilleton, M. Flamand nous raconte son histoire. Malgré un tempérament actif, ses blessures de guerre l'obligent à exercer un emploi sédentaire dans un bureau. Il a eu une artère sectionnée par une balle à quelques centimètres du cœur. Il souffrait tellement qu'à l'hôpital il suppliait qu'on lui coupe le bras, qu'il croyait perdu...

« Heureusement qu'ils n'ont pas cédé à vos prières!... Après cette leçon, vous êtes certainement de ceux qui pensent que l'on risque toujours d'agir trop vite et que " tant qu'il y a de la vie, il y a de l'espoir "?

– *Oh! non! Je pense qu'il faut beaucoup de grandeur d'âme pour devenir un exécuteur dans certaines circonstances. Une grandeur d'âme dont je n'ai pas été capable mais que j'admire...*

J'avais dix-huit ans. Sortant du maquis, près de Belfort, je m'étais engagé dans la Ire Armée et suis entré avec elle en Alsace. Le jour de mon baptême du feu, en pénétrant dans un village, j'ai vu venir à moi un soldat allemand blessé qui tenait dans ses mains une partie de ses intestins, tout sanglants. Il était vert. Je n'ai jamais vu un homme aussi livide. Son regard était terrible, ravagé par la souffrance. Il paraissait déjà sentir en lui l'arrivée imminente de la mort. Tout à coup, il a chancelé, il s'est mis à genoux sans lâcher sa chair et j'ai compris à son visage bouleversé qu'il me demandait d'apporter un terme à son agonie.

Je revois cette minute comme si c'était hier. Je ne cesse d'y repenser. C'était un vieux réserviste, un homme de plus de cinquante ans qui aurait largement pu être mon père. Et c'est mon père que je voyais. Je pensais que cet homme avait une femme, des enfants. J'ai fermé les yeux et j'ai fait quelques pas pour m'arracher à ce spectacle...

Mon camarade de combat qui l'a achevé d'une rafale m'a confié longtemps après – nous n'en avions jamais parlé ensemble – qu'il lui avait fait trop de pitié...

J'estime que de nous deux c'est lui qui a été le plus humain et que ce n'est pas lui qui devrait éprouver un sentiment de culpabilité vis-à-vis de la justice des hommes. »

M. Minart, ce n'est pas parce qu'il a cru voir son père qu'il n'a pas accompli le geste homicide : c'est parce qu'il a cru voir son frère qu'il l'a accompli. Il nous avait écrit : « *... toute pudeur mise à part, j'estime que votre enquête est d'un intérêt quasi national et que, sans certains témoignages, vous ne sauriez atteindre votre but...* » et il nous avait raconté sa dramatique expérience au cours de la guerre d'Indochine. Il a fallu que nous lui rendions visite pour comprendre que l'histoire avait commencé en réalité deux ans et demi plus tôt, à quatre kilomètres de Bruay-en-Artois.

C'est le paysage minier classique, avec ses terrils, ses puits et ses corons. Si classique que l'on a presque honte d'y situer encore un drame. Et pourtant...

« *Si vous aviez vu comme mon frère souffrait, nous dit M. Minart, j'aurais voulu aller l'achever moi-même...* »

Il y a plus de quinze ans de cela mais c'était à quelques kilomètres d'ici et c'était son frère. M. Minart n'a pas oublié. Il est heureux de nous recevoir. Toute la famille : sa femme (qui est polonaise), le fils aîné et les deux filles, toute la famille est habillée en dimanche et écoute dans le recueillement. Il nous avait écrit : « *Si vous saviez comme je suis soulagé de me sentir compris par quelqu'un.* »

Pendant les sept heures et demie qu'il passe chaque jour au fond de la mine comme électro-mécanicien, il a le temps d'y repenser, à son frère, jeune FFL comme lui et blessé au ventre par un obus antichar allemand au moment de la tentative désespérée de l'armée von Rundstedt pour percer le front allié. Il revoit le pauvre garçon agonisant sur le bord de la route et un soldat ennemi descendant de son char et faisant le geste que lui, témoin impuissant et bouleversé, se préparait à accomplir une fois les Allemands passés.

« La guerre devait finir quelques mois plus tard en Europe et je m'étais engagé à rester sous les drapeaux pour plusieurs années. La vie de caserne, je crois que je n'aurais pas pu la supporter. On demandait des volontaires pour l'Indochine... C'est ainsi que je suis devenu sous-officier d'infanterie coloniale.

L'histoire dont je vous parle dans ma lettre a eu lieu le 7 octobre 1947, exactement le jour de mon vingt-troisième anniversaire. Dans la jungle de Dien Bien-Phu.

Nous n'étions que deux Blancs, le lieutenant et moi, dans notre compagnie. Tous les autres étaient des Thaïs, des types qui m'avaient un peu dérouté d'abord et que j'avais appris à aimer, un surtout, qui était l'ordonnance du lieutenant et qui était devenu un vrai ami.

Ce jour-là, nous donnions l'assaut à un poste Viet-Minh accroché à un piton. Nous grimpions comme nous pouvions en tirant sur les bambous quand brusquement nous avons débouché dans une zone complètement déboisée, à dix mètres des Viets! Grenades. Rafales de mitraillettes. Un tué et cinq blessés, dont mon ami. Il avait voulu écarter une grenade qui roulait vers lui le long de la pente et il avait sauté avec – le côté gauche de son corps était littéralement déchiqueté; le bras, qu'il tenait encore levé, se terminait par une bouillie sanglante. On n'a jamais retrouvé sa montre!

Il a commencé à gémir, puis à hurler. La mitraillette à la main, je retenais mes tirailleurs thaïs, prêts à la débandade. Des larmes plein les yeux, le lieutenant m'a demandé si je ne pouvais mettre fin aux souffrances de son malheureux ordonnance. Alors, j'ai rampé vers lui – comme je m'étais imaginé rampant vers mon frère, deux ans plus tôt. J'ai étendu le bras et j'ai tiré une rafale de mitraillette dans une tête dont je ne savais plus si c'était celle de mon frère ou de mon ami thaï!...

– Est-ce que vous avez éprouvé du remords?

– *Du remords, non. Oui, j'avais tué de ma main un camarade de combat, mais il souffrait, il allait mourir et nous étions à des journées de marche de tout secours. Ce qui me laissait un goût amer, c'était l'idée que je m'étais laissé aller à tirer toute une rafale au lieu d'utiliser le " coup par coup " de ma mitraillette. Ç'aurait été plus propre... Mais nous étions impuissants devant une telle détresse; j'estime que le véritable crime, je l'aurais commis en l'abandonnant à sa souffrance! Je revis souvent, en rêve ou en pensée, cette heure qui a été la plus affreuse de ma vie. Je suis triste, mais sans remords.*

– Comment l'histoire s'est-elle terminée?

– L'opération a valu deux décorations à la compagnie. Il était question de m'en attribuer une. Mais j'ai surpris par hasard une conversation entre les officiers du bataillon où le commandant, qui était très croyant, affirmait qu'on ne pouvait tout de même pas décorer un homme qui avait achevé un de ses camarades!

– Qu'est-ce que vous avez pensé?

– Que j'avais ma conscience pour moi – et que si mes responsabilités avaient été terribles, celles que le commandant avait eu à prendre à plusieurs reprises étaient plus terribles et plus meurtrières encore. Mais lui, il était couvert par la loi, la loi de la guerre!... »

Qu'aurions-nous pu lui répondre, à M. Minart? Il sentait bien où le bât blesse et qu'à partir du moment où il existe deux lois, une de la paix et une de la guerre, une qui interdit de tuer et l'autre qui en fait un devoir, le trouble peut s'installer dans les esprits. Quand la vie humaine devient si menacée, si légère, l'euthanasie, elle aussi, ne perd-elle pas de sa gravité?

A la télévision, nous lui aurions opposé sans doute le cas de ce technicien radio de Nantes, M. Fisch-Farkas :

« J'ai vu un paysan vietnamien, éventré par une balle perdue, remettre ses tripes en place après les avoir lavées à la rivière, marcher trois heures avec nous en se tenant le ventre

pour arriver à l'antenne chirurgicale, et, recousu, reprendre ses forces et guérir au bout d'un mois!

Jamais, personnellement, je n'aurais détruit une vie tant ma conviction est forte que, même quand il n'y a plus aucun espoir, il reste toujours la possibilité d'un espoir! Pendant ma carrière militaire, courte mais remplie, je n'ai jamais tué personne – j'en suis sûr. Je tirais – et je fus même décoré, mais pas pour avoir tué. J'ai une conviction inébranlable : une vie humaine ne peut être achevée par une autre personne. NOUS NE SAVONS PAS CE QUE C'EST QUE LA MORT... »

Qui aurait eu le dernier mot, de ce curieux soldat qui se refuse à tuer ou de ce sergent à qui le meurtre « par compassion » semble moins grave que le meurtre organisé? Chacun en jugera selon sa conscience.

6

Les enfants maudits

Le 2 décembre 1934, à Leeds (Angleterre), Mrs Brownhill, âgée de soixante-deux ans, a été condamnée à mort pour avoir tué par le gaz d'éclairage son fils idiot, qu'elle soignait avec dévouement depuis quarante-deux ans : c'est en apprenant que ses propres jours étaient comptés, par suite d'une affection cancéreuse, que la mère, affolée, avait pris la détermination de supprimer son fils qui lui devait tout.

Relisez ces quelques lignes. Imaginez la réalité qu'elles décrivent. Est-il possible que, pour sauvegarder la lettre d'une loi – et non son esprit – la société prenne un visage, un masque aussi odieusement caricatural que celui-là?

Ainsi une femme, avec un dévouement dont bien peu d'êtres humains sont capables, sacrifie totalement sa vie personnelle à celle, purement végétative, de son enfant! Celui-ci devient, à mesure qu'il grandit, un objet de plus en plus encombrant, un homme-enfant qu'il faut laver, raser, habiller, nourrir, gronder, caresser, avec, comme unique récompense, de temps à autre, le même regard reconnaissant que dans les yeux d'un chien! Un jour, Mrs Brownhill apprend qu'elle est condamnée. Que va devenir l'homme-enfant qu'elle seule a élevé, qu'elle seule aime et qui ne peut se passer d'elle pour accomplir les gestes élémentaires de la vie? Elle trouve le courage de le supprimer. Que fait la justice devant cet acte exceptionnel aux circonstances atténuantes criantes? Elle condamne à mort une mère déjà condamnée à mort par la maladie et qui avait largement gagné par quarante-deux ans d'admirables sacrifices le droit de disposer de la vie de ce mort-vivant qu'était son fils!

C'est horrible. C'est absurde. Cela prouve – comme nous l'ont prouvé des centaines de lettres de notre courrier à propos de l'euthanasie – que le problème des enfants nés anormaux est sans doute le plus grave de tous devant le tribunal de la conscience collective. Il ne s'agit plus de la décision hâtive du champ de bataille. Il ne s'agit plus d'abréger de quelques semaines les souffrances d'une malade incurable. Il s'agit de savoir si condamner à mort à sa naissance un être qui n'accédera jamais à la dignité humaine et n'engendrera autour de lui pendant de longues années que souffrance et misère ne vaut pas mieux que le condamner à vivre...

Mme X... se le demande encore. Personne pourtant n'a autant qu'elle les deux pieds sur la terre. Sage-femme depuis trente ans, robuste, saine, le teint rose, les yeux « pas dans la poche », elle juge les gens et les événements comme un officier sorti du rang qui en a vu de toutes les couleurs avant d'en arriver là. Elle parle comme un homme... d'action :

« J'ai été l'interne sage-femme d'un des grands accoucheurs de Paris. Puisque le patron l'enseignait, j'avais toujours pensé qu'il était de notre devoir de ranimer tous les enfants qui naissaient en état de mort apparente, qu'ils présentent ou non des malformations visibles. Et puis un jour, il y a douze ans, j'ai accouché ma sœur. Elle avait été malade tout au début de sa grossesse, mais personne n'avait diagnostiqué avec précision une rubéole...

Techniquement, les choses se sont passées on ne peut mieux : quelques bouffées d'anesthésiant et accouchement presque spontané d'une petite fille de quatre kilos... malheureusement en état de syncope blanche. Aussitôt, comme pour n'importe quelle cliente depuis vingt ans, je m'acharne à ranimer ma future nièce. Je n'ai rien épargné, ni les médicaments, ni les bains chauds et froids alternés, ni la respiration artificielle. Au bout de vingt minutes, le cœur commence à battre faiblement. Pendant plus d'une demi-heure encore, j'entretiens son souffle, ma bouche collée à la sienne. Enfin, elle commence à respirer doucement par elle-même...

— La bataille était gagnée!

— Oui, mais fallait-il la gagner? Le cerveau était resté de trop longues minutes sans irrigation pour que le système nerveux soit normal. L'enfant était complètement aveugle d'un œil avec un énorme bloc sanguin traversant toute la tête depuis la base du crâne jusqu'à la racine du nez.

— Et aujourd'hui?

— Elle vit. Elle a douze ans. Elle est gaie et intelligente. Mais c'est une enfant en sursis, sans avenir. Elle voit de moins en moins bien de l'œil qui lui reste. Elle est constamment sous médication et sous surveillance médicale. L'épilepsie peut se déclarer d'un jour à l'autre. L'épilepsie ou la mort. Avec cette épée de Damoclès sur elle, elle est exactement dans la situation de cette fille du roi de l'étain, Isabel Patino, qui est morte il y a quelques années du même mal.

— Et sa mère?

— Elle a subi il y a quelques années les premières atteintes de la sclérose en plaques qui la paralyse de plus en plus et la conduira inéluctablement à l'immobilité totale et à la mort.

— Mais il n'y a aucun rapport?

— Les plus grands patrons nous ont confirmé que le choc émotionnel avait probablement joué un rôle déterminant comme condition d'élection de la maladie chez ma sœur. Alors me voilà replacée devant mon problème : en mettant toute ma conscience professionnelle à sauver ma nièce à la naissance, je lui ai donné quelques années de vie très diminuée et très menacée à vivre et j'ai mis un pied dans la tombe à ma propre sœur! J'ai beau le prendre par tous les bouts, ça finit toujours par se résumer de cette façon. On a beau être solide, c'est lourd à porter! Avais-je vraiment le devoir de rendre la vie à cette enfant? »

Oui, mais le problème est-il bien posé? Aviez-vous *le droit*, madame X..., de ne pas lui rendre la vie?

Lisez ce que nous écrit un médecin-accoucheur de la faculté de médecine de Bordeaux, le docteur Bonimond :

« *J'avais été appelé par une sage-femme dans les fins fonds de la campagne pour un accouchement difficile. Arrivé sur les lieux, je m'aperçus, avec la sage-femme, qu'il s'agissait d'un cas très grave nécessitant un transport rapide et un accouchement en milieu hospitalier. Ce qui fut fait. L'accouchement, quoique rapide, fut difficile et l'enfant était pratiquement mort.*

Le spécialiste accoucheur, qui est un grand croyant, fait, contre mon avis, le maximum pour ranimer l'enfant. Je dis " contre mon gré " car l'enfant était apparemment un monstre et portait sur le cou une volumineuse tumeur presque aussi grosse que sa tête. J'estimais qu'il valait mieux le laisser mourir, ce petit monstre, en ne le ranimant pas.

C'est donc un cas d'euthanasie puisque je donnais la mort en privant de la vie. Quelques jours plus tard, l'enfant était opéré, un examen clinique plus approfondi en ayant démontré l'utilité! Je revis l'enfant quelques années plus tard. C'est aujourd'hui une petite fille bien mignonne qui porte au cou une cicatrice, seul témoignage de ses premiers malheurs. Voilà un cas précis où l'euthanasie eût été une grosse faute. »

Une grosse faute et même, appelons-le par son nom, un crime. Car qui peut décider qu'un être a ou n'a pas le droit de vivre? Faut-il invoquer une raison suprême, un intérêt d'État? C'est au nom de cet intérêt collectif plus fort que les individus que les nazis, naguère, ont tenté d'exterminer les Juifs et les Tziganes et ont pratiqué l'assassinat légal sous le nom délicat d'eugénisme.

Un maître infirmier de la marine marchande, Mr Altemer, est venu fort opportunément nous rappeler que c'est une certaine conception de l'homme, finalement, qui sépare la civilisation (même imparfaite, comme la nôtre) de la barbarie (même évoluée, comme celle des nazis). Voici sa lettre :

« Ça s'est passé dans un petit pays d'Allemagne près d'Iserton, à Messinghausen. Dans l'Allemagne en guerre, l'élément jeune était aux armées; seul un vieux médecin vétéran de la guerre 1914-1918 était responsable de l'état sanitaire de cette petite ville de Messinghausen. A la même époque, j'étais infirmier de " Commando de travail ", je m'occupais des prisonniers de guerre français du point de vue sanitaire.

Un jour, la sentinelle vint me chercher et me conduisit auprès du vieux médecin. Il s'agissait de l'assister dans un accouchement. Tout se passa bien, l'enfant vint au monde dans les conditions normales. Puis l'on s'aperçut qu'il lui manquait l'œil droit, le gauche était normal. A la place de l'œil droit il y avait une cavité tapissée d'une membrane non perforée; de plus, son membre supérieur droit était un moignon de quelques centimètres seulement.

Le médecin s'occupa de la mère et se désintéressa de l'enfant. Je lui demandai ce que je devais faire. Voici sa réponse : " le Führer n'en a pas besoin!!! "... Je soignai le pauvre petit puis je retournai dans mes barbelés. J'appris par la suite qu'il était mort. »

Nous voici près de conclure que, dans le cas des enfants qui naissent anormaux, en aucun cas l'euthanasie ne devrait être envisagée. La logique même semble l'imposer, cette conclusion, car quel est l'être humain qui peut préjuger de l'avenir d'un nouveau-né? Qui sait ce que deviendra ce terrain, apparemment peu favorable? Qui sait quelle graine y germera? Tout, dans notre civilisation fondée sur le caractère sacré de la personne humaine, semble s'opposer à la suppression d'un être, quel qu'il soit, à la naissance.

Pourtant, vous avez entendu Mme X... Son cas de conscience demeure aussi aigu : en donnant la vie à une enfant condamnée de toute façon à mourir précocement, elle a peut-être condamné sa sœur à une maladie mortelle. Faut-il considérer le souffle de la vie comme un principe sacré, quelles que soient les circonstances? Ou bien faut-il tenir compte de la gravité de la malformation et des répercussions possibles dans la famille?

Nos correspondants sont loin d'être unanimes. Ils se partagent même en deux camps à peu près égaux : celui des « essayer de faire vivre à n'importe quel prix » et celui des « ne pas pousser la conscience professionnelle au-delà de certaines limites dans quelques cas bien particuliers ». Nous venons d'entendre une sage-femme, un médecin et un infirmier. Mais que pensent les parents de ces « enfants maudits »? Et les enfants eux-mêmes, que disent-ils? Il est impossible de conclure sans avoir entendu leur témoignage.

Oui, parmi les quelques millions de téléspectateurs qui virent et entendirent notre appel à l'opinion publique au sujet de l'euthanasie, il y avait un enfant de treize ans, Jean-Paul Lecat. Jean-Paul Lecat est infirme de naissance. Il ne lui était jamais venu à l'esprit que l'on pût envisager, de quelque façon que ce soit, d'empêcher ceux qui sont dans son cas de vivre leur vie. Bouleversé, il se précipita sur une feuille de papier quadrillé et, de son écriture appliquée, rédigea la lettre suivante :

Pihem, le 25-10-61.

« *Monsieur,*

J'ai entendu votre appel à la télévision et je suis d'un des cas nombreux que l'on aurait pu supprimer dès notre naissance.

J'ai treize ans et je suis infirme de naissance mais je suis quand même très heureux d'être sur terre malgré mon sort. Mon infirmité est due au manque de quatre vertèbres ce qui me donne au dos une grosseur et bien sûr avec cela je suis très petit. J'ai porté des corsets de redressement plusieurs années et malgré tout je suis heureux tel que je suis et je trouve inadmissible que l'on voudrait nous supprimer car je vous le dis franchement je suis très heureux de vivre. Je vais à l'école, j'ai des camarades. Je me considère comme un enfant normal.

Monsieur, espérant que mon opinion vous intéressera, je vous adresse mes salutations les plus distinguées. »

Monsieur Jean-Paul Lecat
Route nationale
Pihem par Wizernes
(Pas-de-Calais).

Quand nous l'avons lue, cette lettre, les larmes nous sont montées aux yeux. Rien de plus simple, de plus naturel et en même temps de plus émouvant que cette affirmation sans littérature de la volonté de vivre.

« *Je veux vivre. Je suis heureux malgré mon infirmité...* » Jean-Paul nous l'a confirmé dans la petite ferme que tiennent ses parents, près de Saint-Omer, au bord de la route nationale. Il y est souvent, à la ferme, lui qui voudrait toujours être à l'école – mais le mal dont il est atteint l'immobilise souvent et l'oblige à garder le lit. Heureusement, son ami l'instituteur a organisé pour lui une véritable conspiration de l'amitié et ses camarades de classe se relaient à son chevet pour que Jean-Paul ait toujours de la distraction...

Très petit pour son âge, maigre, difforme même, Jean-Paul a deux visages : le visage triste, pensif et creusé de l'enfant qui souffre et le visage souriant, le regard clair de l'enfant heureux. Si la maladie lui a donné une maturité très supérieure à son âge, il est resté moralement, intellectuellement, un enfant comme les autres, un enfant qui aime jouer (il a une véritable passion pour la bicyclette qui représente en même temps pour lui le meilleur instrument de rééducation), un enfant qui veut vivre, de toutes ses forces, et qui ne comprend pas que l'on puisse mettre en doute le droit à la vie des enfants diminués.

Nous non plus, en quittant Jean-Paul Lecat, nous ne comprenions pas. Mais ensuite nous sommes rentrés à la Télévision. Nous avons repris notre courrier. Nous avons trouvé des centaines de cris, de véritables appels au secours lancés par des parents en détresse. Celui-ci par exemple :

« Monsieur,

Je ne suis pas douée pour la prose mais j'ai entendu l'annonce de M. Lalou et c'est avec mon cœur de mère que je vous écris.

Depuis cinq ans, je suis veuve avec trois enfants : dix ans – sept ans – cinq ans. Le dernier né (cinq ans), conçu pendant une rémission de la maladie de son papa, est incurable. Les docteurs et guérisseurs consultés sont formels : aucun espoir.

Dès le début de ma grossesse, j'avais fait part de mes craintes au docteur de mettre au monde un enfant anormal, le papa ayant subi un traitement aux isotopes et au cobalt, mais rien n'a été fait.

Cet enfant grandit et depuis cinq ans il souffre, malgré tous les soins et l'abondance et la diversité des médicaments employés et inefficaces. Il ne parle pas, ne comprend pas, n'est pas propre et, ce qui est plus terrible, il souffre. Pour une mère, c'est affreux d'assister impuissante à cet état de choses. Avant de vivre ce genre de vie, je n'aurais jamais pensé qu'une mère puisse réclamer pour un enfant, un très bel enfant, un enfant adoré et gâté, la mort comme une délivrance.

Il est inhumain de ne pas abréger la vie de ces petits êtres qui ne seront toujours que des rebuts pour la société – et qui ne connaîtront que la souffrance. »

Cet autre cri de révolte :

« Je suis d'origine ouvrière. Mon père et ma mère étaient ouvriers agricoles jusqu'à leur mariage. Mon père est issu d'une famille de quinze enfants; il lui a fallu pen-

dant sa jeunesse aller de porte en porte demander du pain...

Je suis marié, père de famille de sept enfants dont notre petite C..., âgée de onze ans. Nous avons su que notre petite fille était " mongolienne " à l'âge de neuf mois sans savoir ce que cela voulait dire. La vérité nous était cachée. A quoi bon? Pour mieux la découvrir ensuite! Finalement, après de profonds chagrins, que seuls les parents dans ces cas-là peuvent comprendre, notre petite fille a été internée à l'asile d'aliénés de R...

Je suis d'accord pour qu'un médecin provoque la mort d'un enfant infirme dès sa naissance, soit sans avertir les parents. Ou alors, averti par le médecin, je préférerais dès la naissance voir mon enfant mort – et pourtant ceci est extrêmement dur à accepter. Mon épouse, à qui j'ai parlé de ce grave cas de conscience, m'a dit qu'elle serait d'accord pour cette solution... »

Que dire? Que faire devant une telle lettre? Se sentir à la fois heureux et honteux d'avoir été épargné par le destin. Se sentir, aussi, impuissant devant le malheur de ces gens simples qui donneraient leur vie – le père nous l'écrit – pour rendre santé et raison à leur petite fille : « *J'ai trente-huit ans, je suis un homme fini qui ne peut plus faire quoi que ce soit de bien dans la vie tandis qu'elle, à onze ans, peut encore tout espérer...* »

Oui, vraiment, comme nous le disait la jeune Mme N..., dans sa villa au bord de la Méditerranée : « *Ceux qui n'ont pas vécu ce cas de conscience ne peuvent rien y comprendre; avec leurs théories, prêtres et médecins sont à côté de la question...* »

Et pourtant... Pourtant, il y a des miracles. Mme Michelet, d'Aix-en-Provence, nous racontait bien l'incroyable histoire de sa petite Véronique :

« *J'ai plusieurs enfants. Notre petite Véronique, qui vint au monde normale, se développa et s'éveilla sans donner de soucis jusqu'à l'âge de six mois. C'est alors que, sans avoir été préalablement malade, elle commença à " avoir des crises ", sortes de spasmes des bras avec fléchissement de la tête et révulsion des yeux; en même temps, elle poussait un cri rauque.*

Pendant plusieurs semaines, de grands spécialistes cherchèrent en vain. En même temps que ses crises, Véronique déclinait très rapidement : en peu de temps, elle ne fut plus qu'une petite forme sans mouvements, sans vie, des yeux vagues que rien, même de vives lumières, ne fixait. Elle semblait ne rien entendre non plus. Elle demeurait parfaitement immobile, paralysée. Jamais, durant de longs mois, elle ne sembla apercevoir les joujoux que, malgré tout, je déposais dans son berceau.

Un grand professeur lui fit un électro-encéphalogramme. Le résultat fut désastreux et les paroles du professeur resteront gravées dans ma mémoire : " C'est un cas très grave et contre lequel, hélas! nous sommes complètement désarmés... " On m'expliqua, avec précaution, que, si Véronique vivait (???), elle serait infirme : ne marcherait jamais, ne parlerait pas, etc...

Peu à peu, les spécialistes abandonnèrent ma petite fille qui n'était plus qu'une loque. Pourtant elle eut un an, et, en même temps, attrapa la rougeole. Depuis six mois elle était malade, depuis six mois, moi, sa maman, j'espérais... malgré tout. Autour de moi, amis et famille murmuraient que pour Véronique et sa famille, il valait mieux que tout finisse.

Et tout finit en effet, mais pas comme on le pensait. Au quatrième jour de sa rougeole, dès que les premiers boutons apparurent sur son front, les crises cessèrent et cela complètement. Huit jours après, Véronique tenait sa tête droite. Au bout de quinze jours, elle se tenait assise. J'ai pleuré, Monsieur, quand, pour la première fois, Véronique a saisi, bien maladroitement, le joujou que je mettais si obstinément dans son berceau.

Elle a marché à dix-sept mois, parlé à trois ans. Elle a maintenant cinq ans et demi; elle marche, court, saute, grimpe, comme n'importe quelle petite fille de son âge. Elle est très bavarde (elle qui ne devait jamais parler). Elle a une mémoire extraordinaire : elle sait toutes ses lettres, commence à en assembler quelques-unes, compte jusqu'à quatre cents...

Elle aime beaucoup la Télévision, connaît très bien nos quatre speakerines. Elle aime (ceci est d'elle) " le Journal télévisé *quand il y a Léon Zitrone, parce qu'il est gros et a des lunettes ".*

Avant d'avoir vécu ce drame, ma conviction était déjà établie : je suis fervente chrétienne, notre vie ne nous appartient pas et nous n'avons pas le droit d'en disposer, ni de celle des autres.

Mais, en dehors même de cela, je vous pose la question ou plutôt, je la pose à tous les téléspectateurs : fallait-il laisser mourir ou provoquer la mort de cette petite fille que les plus hauts noms de la médecine avaient jugée " incurable "... et qui a guéri contre tout espoir?

Lorsque, deux mois après l'arrêt des crises, le même professeur a fait à Véronique un autre électro-encéphalogramme, il est venu lui-même vers moi, a pris mes mains dans les siennes, des larmes roulaient sur ses joues et c'est d'une voix éteinte d'émotion qu'il me dit : " Madame! la médecine ne peut pas l'expliquer, mais votre enfant est complètement guérie. "

Peut-on encore dire qu'un malade est incurable? et en être sûr? »

Il fallait rencontrer la famille Michelet, être certains des faits avant de les relater, voir Véronique, lui parler... Nous sommes arrivés à l'heure H : Mme Michelet s'attendait à partir d'une minute à l'autre pour la clinique pour la naissance de son sixième enfant! Assise dans un fauteuil, une couverture sur les genoux, elle regardait par la fenêtre les cinq autres jouer dans le jardin. Les cinq autres, dont Véronique; une petite fille de cinq ans, bien semblable aux autres, qui pédalait allégrement sur la bicyclette familiale.

— Comment expliquez-vous, madame, ce qui est arrivé à votre fille?

— Nous ne l'expliquons pas. Impossible de comprendre ni comment c'est venu ni comment c'est parti. Les médecins non plus n'y ont rien compris. Tenez, regardez les électro-encéphalogrammes.

Nous nous penchons sur les deux pièces à conviction. A côté des dents de scie caractéristiques, nous lisons, datées du 8 janvier 1957, ces lignes de la main de l'un des plus grands spécialistes français du système nerveux : « Tracés très anormaux réalisant l'aspect de la disrythmie majeure rencontrée dans la maladie des spasmes en flexion. »

— Cela signifiait que son système nerveux était gravement lésé, n'est-ce pas?

— Oui, elle était condamnée soit à mourir soit à rester idiote! Quand le médecin traitant a diagnostiqué les premiers signes de la rougeole, plus tard, il a dit — j'entends ses paroles comme si c'était hier — : " Une rougeole, avec ce qu'elle a, elle est fichue! "

Quelques jours après le début de la rougeole, les crises ont cessé. Pendant six mois, elle en avait eu six par jour, avec des spasmes, les yeux révulsés, des cris stridents... Et le nouvel électro-encéphalogramme a révélé que tout était redevenu normal dans son cerveau, comme par miracle.

Nous regardons, de la main du même professeur mais daté du 17 mai 1957, ce communiqué de victoire rédigé dans le style impersonnel et scrupuleux des techniciens : « Les tracés peuvent être considérés comme normaux (rentrés dans les limites de la normale). » Il y a un bien grand étonnement derrière cette prudence!

— Mais peut-on considérer que c'est la rougeole qui a guéri Véronique?

— C'est probable. D'autant plus probable que, depuis, chaque petite maladie d'enfant a été pour elle l'occasion de nouveaux progrès; comme si chaque accès de fièvre contribuait à lui nettoyer le cerveau.

C'est le père qui a parlé. Il est expert agricole. Il veut regarder la réalité en face :

« Il n'est d'ailleurs pas parfaitement clair encore, son cer-

veau. Elle n'est pas tout à fait comme les autres, Véronique. Elle vit dans un monde différent, où elle est à la fois en retard et en avance sur les autres. On dirait qu'il lui manque des tiroirs et que d'autres sont anormalement développés; par exemple, elle est incapable de fixer son attention, ou alors sur des détails infimes. Elle veut tout de suite avoir fini ce qu'elle fait. Mais elle est d'une sensibilité étonnante; très impressionnable, mais conservant ses impressions avec une netteté extraordinaire. C'est par la chanson que nous avons réussi à lui apprendre à parler. Elle vit dans un univers poétique... »

Avant de partir, nous avons dit au revoir aux enfants. Cinq visages se sont tendus vers nous. Dans l'un d'eux a brillé, pendant quelques secondes, un regard étrange, un peu inquiétant, vite disparu. C'était le visage de la petite Véronique qui n'a pas tout à fait recollé à la réalité mais qui, grâce à une rougeole providentielle, sera peut-être un nouveau Rimbaud.

Mais les miracles n'ont lieu qu'une fois et pour de rares individus. M. et Mme A..., eux, ont attendu deux fois le miracle, sans y croire. Les deux fois, ce que l'on appelle l' « inévitable » est arrivé et ils sont retombés à leur désespoir. Les trois lettres qu'ils nous ont adressées retracent les étapes d'un calvaire qui pèse lourd dans le dossier de l'euthanasie.

Paris, le 31 octobre 1961.

« Cher Monsieur,

Le problème de l'euthanasie, nous l'avons souvent discuté, mon mari et moi, parce qu'il nous touche de près.

Nous en sommes arrivés à la conclusion que l'euthanasie dans certains cas ne devrait pas seulement être permise, mais obligatoire.

Voici notre cas.

Il y a environ cinq ans, nous avons eu un magnifique bébé qui a comblé tous nos vœux... pendant à peu près cinq mois. Mais, dès lors, il a commencé à être moins vivant : il ne jouait plus, parlait et gigotait de moins en moins, sa vue elle-même baissait, jusqu'à rester des journées entières dans son lit, inerte, sans proférer un son ni réagir d'aucune façon, même lorsqu'on s'approchait de lui. Naturellement, cet enfant ne s'est jamais assis.

Vous décrirai-je comment il est devenu? Souvenez-vous des gravures des enfants d'Auschwitz : les yeux exorbités, la mâchoire saillante, les os qui pointent sous la peau qui seule les recouvre... oui, un squelette recouvert de peau déchirée par des escarres aux endroits où le drap frotte. Chaque partie de son corps était devenue un point de douleur. On osait à peine le toucher pour le changer de position, pour aérer ses plaies : tout contact, tout mouvement lui arrachait des pleurs. Il ne pouvait plus manger : les réflexes de la déglutition ne se faisant plus, il s'étranglait à chaque bouchée. Il ne pouvait plus respirer, les poumons se paralysant peu à peu. Il a vécu ainsi jusqu'à deux ans et trois mois!

Depuis l'âge de un an, nous le savions condamné. Mais six mois avant sa mort, nous souhaitions de tout notre cœur que cette délivrance lui soit donnée le plus vite possible. Le plus terrible n'était pas de savoir que nous allions le perdre, mais de le voir chaque jour plus mal que la veille et irrémédiablement mieux que le lendemain, de constater chaque jour les progrès de la maladie. Surtout les derniers mois. Le voir ainsi souffrir, haleter sous la tente à oxygène avec, nuit et jour, un goutte-à-goutte de sérum pour essayer de lui redonner cette eau que son corps perdait au fur et à mesure!

Et pourtant, nous n'avons pas eu le courage — ni les moyens — de lui abréger ce calvaire.

Mais voilà que ce problème se repose à nouveau à nous.

Un an après la mort de notre petit garçon, nous avons voulu tenter encore une fois notre chance. Mais le sort s'est acharné contre nous : notre fille, qui a maintenant seize mois, est atteinte de la maladie.

Sachant par où elle doit passer, nous souvenant de tout ce que nous avons vu chez son frère, c'est encore plus pénible que la première fois. C'est comme si nous perdions en même temps nos deux enfants, et notre fils pour la seconde fois. Notre souffrance d'avoir à la perdre, elle aussi, est encore dépassée par la hantise des derniers mois qu'elle aura à vivre. De la mort par elle-même nous nous consolons en nous disant que ce sera une délivrance pour elle, mais cette agonie, si lente et si cruelle?...

Naturellement, il n'est pas question d'appliquer l'euthanasie maintenant, bien que la médecine se déclare incompétente à la guérir. Mais après, quand elle commencera à souffrir, à gémir, à ne plus pouvoir ni manger ni respirer?

Ne devrait-il pas être permis au médecin et ne devrait-il pas être de son devoir, moralement, de satisfaire aux vœux des parents qui demandent d'abréger cette agonie, aussi pénible pour l'enfant qui souffre que pour les parents qui la regardent, impuissants à la soulager? »

Paris, le 31 janvier 1962.

« *Messieurs,*

En réponse à votre lettre du 30 janvier, nous vous donnons notre plein accord pour utiliser, comme vous le jugerez bon, *notre lettre du 30 octobre, au sujet de l'euthanasie – à la seule condition de nous conserver l'anonymat.*

Nous serions heureux si notre triste expérience pouvait vous être utile dans votre enquête, ou aider ceux qui seraient dans notre cas.

Ce serait peut-être sa justification ou sa compensation?... »

Nous aussi, nous serions heureux si cette triste expérience pouvait être utile, aider. Mais utile à quoi? aider qui, hélas! Peut-être aider quand même ceux qui souffrent, qui croient toucher le fond du malheur – et qui découvriront qu'il y a plus malheureux qu'eux. Peut-être servir quand même à prouver – comme nous l'écrit une dame de Cherbourg – que *« ceux qui ont versé tant de larmes de sang et qui se sont longtemps débattus dans un cas de conscience qui leur a été imposé injustement ont droit qu'on les respecte, quelle que soit la décision qu'ils ont prise. Comme si leur croix, déjà, n'était pas assez lourde à porter!!!! »*

Ces gens deux fois désespérés, pour qui la vie ne représente plus rien qu'une injuste malédiction, il était de notre devoir de leur rendre visite. Nous ne leur apporterions aucun soulagement; peut-être même raviverions-nous leur douleur en les faisant parler. Nous-mêmes, comment supporterions-nous ce récit entrecoupé de sanglots, ce spectacle d'une enfant mourante? Mais puisque ces témoins avaient répondu d'eux-mêmes à notre appel, allions-nous les récuser alors qu'ils représentaient précisément le cas-limite, celui où il est difficile de ne pas admettre, pour le second enfant au moins, une euthanasie médicale? Nous avions pris l'engagement d'essayer de faire la lumière sur ce douloureux problème. Nous devions avoir le courage de mener notre enquête jusqu'au bout. Nous avons donc téléphoné au ménage P..., dans le Ve arrondissement, pour demander un rendez-vous. Une voix assez sèche, désincarnée et comme *absente,* nous a répondu qu'il n'en était pas question.

Quelques jours plus tard, nous avons reçu la carte suivante :

Paris, le 22 février 1962.

« Messieurs,

Je suis désolée de n'avoir pas pu accepter le rendez-vous que vous m'avez proposé par téléphone pour le mardi de la semaine dernière. C'était justement le jour de l'enterrement de notre petite fille. »

Qui ajoutera un mot? Qui osera leur jeter la pierre?

7
La souffrance d'un enfant

Les enfants atteints dès leur naissance d'un mal incurable posent sans doute le problème le plus douloureux, celui qui fait éclater de la façon la plus dramatique l'injustice de la condition humaine et la faiblesse des moyens dont nous disposons pour résoudre l'effroyable alternative de l'euthanasie. Nombreux sont nos correspondants des quatre coins de la France qui nous ont écrit comme on se confesse, pour raconter à quelqu'un en qui on a confiance et qui partagera avec vous le fardeau, quelles pensées, bonnes et mauvaises, ont traversé votre esprit pendant le long calvaire que vous a fait gravir cette injustice du sort : un enfant mal conformé, un enfant qui n'apporte pas aux parents les joies qu'apportent habituellement les enfants, un enfant qui est un poids au lieu d'être un réconfort.

Pourtant, nombreux aussi ceux qui nous ont exposé un autre cas, à peine moins dramatique : celui des enfants en bonne santé, aimés, choyés et heureux de vivre et qui, brusquement, tombent malades, se mettent à dépérir. On ne les maintient en vie que par des artifices et *ils souffrent.* Comment y aurait-il quelque chose de plus intolérable pour une mère que de voir souffrir — et souffrir inutilement! — la chair de sa chair?

« J'habite en Afrique du Sud, et j'ai deux enfants. J'ai appris le 20 juin de cette année que mon petit garçon Franck, âgé de dix ans, était atteint de leucémie aiguë. J'ai pris avec lui le premier avion pour Paris, afin de le faire suivre par l'un des plus grands hématologues du monde. Le pro-

fesseur X... m'a immédiatement confirmé ce que l'on m'avait dit à Johannesburg, à savoir que la durée de la vie de mon enfant serait très courte – dix-huit mois à deux ans maximum, si l'on arrivait à obtenir une rémission de la maladie. Quelques semaines, peut-être quelques mois, s'il n'y avait pas de rémission.

Le traitement a naturellement commencé par le cortancyl à haute dose. Jusqu'à trente cachets par jour – qui rendirent mon fils absolument obèse, énorme et boursouflé et qui l'obligent à un régime sans sel des plus sévères. Au début juillet (je venais d'arriver à Paris), on lui avait également donné un médicament américain, auquel mon fils s'était révélé allergique après deux semaines. Cette allergie consistait en une inflammation des muqueuses telle qu'il pouvait à peine se nourrir, boire ou parler, souffrant atrocement jour et nuit.

Naturellement, on arrêta ce médicament pour le remplacer par un autre qui s'est révélé presque sans effet, et, vers la fin du mois de septembre, non seulement nous n'avions pas cette rémission tant attendue, mais encore l'état de santé de l'enfant s'était-il altéré.

Et c'est à ce moment-là que s'est posé pour moi le problème de l'euthanasie.

Le professeur, voyant l'état de l'enfant empirer, a décidé de recommencer le médicament américain dont j'ai parlé plus haut, et qui, tout en étant recommandé pour l'état des cellules de l'enfant, lui fait endurer des souffrances (de la bouche) absolument atroces.

Je sais maintenant que l'enfant n'aura pas *de rémission dans sa maladie, et qu'il faut juste attendre (quelques semaines, quelques mois?). Et je me suis demandé, et je me demande en ce moment, où je vois sa bouche absolument à vif et le faisant souffrir, si c'est vraiment la peine de lui infliger ce supplice. Je sais que ce médicament est le seul à pouvoir " prolonger " sa vie de quelques jours (?) semaines (?). Mais si l'inévitable doit se produire dans un avenir très prochain (et pour les médecins, cela ne fait aucun doute), a-t-on le droit de lui infliger (pour rien) des souffrances atroces et des privations de ce qu'il aime? M. le professeur X... m'a répondu qu'on n'avait pas le droit de ne pas tout tenter. Je continue donc à lui donner en ce moment deux comprimés de ce médicament par jour. Pourquoi?... »*

Pourquoi? Peut-être parce que l'espoir reste toujours ancré, même contre toute raison, au cœur d'une mère. Peut-être parce que, dans des cas semblables, les plus rationalistes se mettent à croire au miracle.

« D'où viens-tu, miracle? » C'est ce qu'a répété pendant des années le vieux médecin de famille au petit Albert Bossard, qui aujourd'hui a trente-huit ans et nous a écrit : *« On ne doit en aucun cas, fût-il le plus désespéré, tuer un malade. Voici mon cas... »*

Il est cultivateur près de Saint-Lô, marié, père de quatre beaux enfants dont l'aîné a seize ans. Comme sa lettre nous l'annonçait, il boite légèrement : sa jambe droite est un peu atrophiée et plus courte de cinq centimètres que l'autre. Ce que sa lettre ne disait pas, c'est qu'il travaille aux champs du matin au soir, qu'il prend largement sa part de la vie dure qui est celle des paysans et qu'il n'est jamais malade. Il revient de loin, mais il est bien revenu!

C'est dimanche. Nous partageons l'excellent repas qu'ils semblent tout heureux de nous offrir et M. Bossard raconte :

« J'avais cinq ans et demi. C'était en 1929. Je relevais depuis sept jours d'une diphtérie. J'étais en train de couper du suif pour la soupe à la graisse – je m'en souviens comme si c'était hier – quand j'ai eu un malaise et je me suis évanoui. Et puis je me suis senti devenir fou. Le reste, pour moi, c'est un grand trou noir, mais mes parents me l'ont raconté ou l'ont raconté devant moi si souvent que je sais l'histoire par cœur.

Quand j'ai commencé à délirer, le médecin, qui avait d'abord cru à une rechute de la diphtérie, a diagnostiqué une paralysie infantile. Malgré les soins, je fus bientôt à l'agonie. Me jugeant perdu, le docteur fit venir un spécialiste à mon chevet pour couvrir sa responsabilité. Après m'avoir examiné puis s'être consultés un instant dehors, ils rentrèrent et dirent textuellement à mon père : " Il ne reste aucun espoir. Votre enfant est perdu... "

Je souffrais de plus en plus. Ma jambe droite s'était recroquevillée au point qu'il était impossible de passer la main entre le talon et la fesse. La gangrène monta jusqu'à mi-jambe. Les chairs mortes commençaient à laisser apparaître les os du pied. C'est alors que le docteur dit à mes parents : " Avec le cœur et la vigueur qu'il a, il va souffrir atrocement pendant de longues semaines encore. " Et il leur donna une ampoule, celle qui devait être ma dernière piqûre.

— Comment vos parents ont-ils réagi?

— Ils demandèrent à attendre encore. Ils ne voulaient pas y croire. Le médecin répondit : " C'est votre enfant. Vous êtes seuls maîtres. Je vous laisse l'ampoule... " Il la posa sur la commode et ajouta : " Quand vous jugerez la situation intenable, appelez-moi, j'arriverai immédiatement. "

Un jour — il y avait onze jours que j'étais à l'agonie — tout sembla fini. On alluma la chandelle, comme on fait ici pour la veillée des morts. Apercevant la lumière, le docteur, qui faisait sa tournée, entra, bondit à mon lit et me pinça à un endroit très sensible. A la surprise de tous, j'ai entrouvert les yeux. »

M. Bossard a un sourire de fierté, comme un enfant qui avait fait une bonne plaisanterie et prouvé sa force de caractère.

— Depuis cet instant, sans médicaments autres que des fortifiants, la santé est revenue progressivement... Je me souviens que, pendant assez longtemps, je me suis traîné à quatre pattes. Je m'étais adapté une vieille genouillère de

cheval que j'avais trouvée dans le grenier. Puis j'ai marché debout; en boitant, d'abord beaucoup, puis de moins en moins... Personne n'y a jamais rien compris!...

M. Bossard remonte son pantalon jusqu'au genou. Le mollet est maigre, la cheville bloquée, le pied crispé. C'est le seul souvenir, la seule preuve de cette plongée dans l'abîme.

– Au fond, ce sont surtout vos parents qui ont vécu le drame, plus encore que vous-même. Est-ce qu'ils vivent encore?

– *Ma mère, qui était une sainte femme, est morte, il y a sept ans, après des années de souffrances. Elle était atteinte de sclérose en plaques. Même les religieuses qui la soignaient lui proposaient d'abréger sa vie. Elle n'a jamais voulu... Moi qui lui dois tout, moi qu'elle aurait pu achever, moi qui l'ai vu souffrir et qui ai souhaité sa mort parfois, comment est-ce que je ne penserais pas, comme elle, que l'euthanasie est un crime, qu'on n'a pas le droit...*

– Et votre père?

– *Il vit tout seul, à quinze kilomètres d'ici! Vous savez, c'est un personnage!...*

L'expression a changé. Le visage ému et presque enfantin à l'évocation de la mère est devenu dur, têtu et admiratif en même temps pour parler du père.

– Est-ce que nous pourrions aller le voir?

– *Oui, peut-être... Bien sûr, pour vous, ce serait comme une confirmation...* »

M. Bossard est embarrassé. Nous comprenons bientôt qu'il est fâché avec son père depuis des mois, peut-être des années. Il y a entre eux une obscure histoire où l'argent et l'honneur jouent chacun leur rôle.

Finalement, il s'est laissé convaincre. Nous avons bu le café arrosé avec M. Bossard père. Nous avons vu les deux hommes, d'abord gênés mais manifestement ravis de cette occasion de renouer sans que leur fierté soit blessée, se demander des nouvelles, puis raconter à deux voix l'histoire du miracle. Et chaque fois que son père citait une phrase ou employait une formule déjà entendues, Albert Bossard nous regardait avec l'air de dire : « Vous voyez bien que c'est vrai! »

Finalement, les deux hommes se sont quittés bons amis sur la promesse de se revoir. Réconciliés, mais pour combien de temps? Ils sont de la même race : intelligents, mais violents et têtus. On comprend la place que tenait la mère entre eux, le rôle de conciliatrice qu'elle n'a cessé de jouer de son vivant et comme elle leur manque désormais! En tout cas, la télévision elle aussi, aura accompli aujourd'hui son petit miracle — fût-il passager...

L'espoir dans le miracle, comment ne le garderait-on pas jusqu'au bout, surtout quand il s'agit d'enfants, surtout quand ces enfants sont les vôtres?

« Je n'ai pas fait cette piqûre, nous a écrit Mme T..., de Paris, *car, pour les siens, on croit toujours qu'il va y avoir un miracle. C'était de la lâcheté... »* Mais c'est toute la lettre qu'il faut lire pour entrer dans ce drame, pour essayer de le revivre en profondeur avant de juger.

« Monsieur,

Le drame de l'euthanasie nous l'avons vécu, mon mari et moi, oui. Notre fille était née le 31 juillet 1954. Alice était un beau bébé, bien sûr, mais il y avait toujours eu des anicroches dans sa santé. Vers la fin de l'année 1957, elle dépérissait si vite et si visiblement, tout en souffrant tellement que notre angoisse devenait intolérable. Nous voyions une succession de médecins, dont certains des plus grands, et le diagnostic ne s'établissait pas. Quelle incertitude pesante! Pourtant nous ne savions pas que nous allions la regretter, cette incertitude, quand vers le début de janvier 1958 on nous dit enfin : "Votre fille a une leucémie, il n'y a rien à faire pour la sauver à moins d'une découverte sensationnelle pen-

dant la rémission que nous espérons obtenir en la traitant."

Il y eut, bien sûr, une période de rémission de sept mois où elle ne souffrit pas, ou peu. Cela c'est contre l'euthanasie, car l'enfant était heureuse de vivre encore et nous-mêmes avons eu un peu de bonheur, quoique le sachant menacé. Oui mais un mois avant sa mort, la maladie allait si vite alors, nous nous faisions encore des illusions, nous espérions envers et contre tout et nous nous acharnions à la soigner. Mais les médecins, eux, ne s'y trompaient pas. Un grand *pédiatre nous a donné alors autant de calmants que nous pouvions en vouloir. Il nous a dit : "Surtout ne laissez pas souffrir cette enfant, je vous renouvellerai les ordonnances à volonté." Alors que s'est-il passé en nous? Nous avons été tentés de tuer notre enfant – ne plus l'entendre dire au fil des heures : "J'ai mal... j'ai mal... j'ai mal!" Sans nous l'avouer vraiment, tout en y pensant, nous lui avons donné en quarante-huit heures, la dose d'une semaine d'analgésique. Hélas, si le premier comprimé a agi merveilleusement et l'a soulagée – deux heures –, les autres l'ont abrutie. Elle était assise sur son lit et résistait à la drogue (mais la souffrance aussi résistait) et elle disait encore : "J'ai mal!" Alors j'ai eu la tentation de prendre en une seule piqûre toutes les ampoules de morphine et de les lui injecter, car elle souffrait et elle ne se rendait plus compte de la réalité puisqu'elle se croyait à l'hôpital et disait :*

"Je veux retourner chez moi, madame, je veux retourner chez moi", en s'adressant à moi.

Je n'ai pas fait cette piqûre. Car pour les siens on croit toujours qu'il va y avoir un miracle. C'était de la lâcheté, car à qui ont rapporté quoi que ce soit les souffrances qu'elle a endurées ensuite pendant presque un mois encore? Ce serait à revivre, je crois que je n'aurais pas le courage de faire cette piqûre. Lâcheté? ou espoir tenace. Pourtant il y a une chose qu'il faudrait que les gens qui vivent ces heures, et qui les voient vivre à quelqu'un de leur entourage, sachent : il faut avoir pitié des moribonds. Pour les chiens et les chats, on s'attendrit à la fois plus et moins et on leur épargne la souf-

france. Pour les gens, puisqu'on ne veut ou ne peut pas les tuer, ne les accablons pas de soins inutiles : une semaine avant la mort de ma fille je l'ennuyais encore en essayant de lui faire prendre encore un comprimé (elle en avait trente environ à absorber en vingt-quatre heures) – elle a eu cette réponse terrible dans la bouche d'un enfant de quatre ans : "Mais maman, tu vois bien qu'ils n'arrivent pas à me guérir."

Voilà, Monsieur, je crois avoir exposé mon problème, un peu longuement sans doute, et je ne crois pas que quelqu'un qui a vécu ça, ou qui le vit peut répondre catégoriquement oui ou non. Un instant de folie, la destinée ou la main de Dieu peut-être décident pour nous. »

« Quelqu'un qui a vécu ça... » Mme J. B... aussi a « vécu ça ». Elle l'a vécu il y a dix ans mais sa vie en a été définitivement marquée. Sa vie s'est arrêtée à la mort de son fils. Elle aussi sait qu'il est impossible de « répondre catégoriquement oui ou non ». Elle aussi a connu les tentations de toutes sortes et les instants de folie.

C'est à la suite de la publication de notre enquête dans *France-Soir* – donc sans penser que son témoignage pourrait « servir » – qu'elle nous a envoyé de Suisse, où elle vit, la lettre suivante :

Le 25 mars 1962.

« Messieurs,

C'est avec la plus profonde émotion que je lis vos articles au sujet de l'euthanasie, et après beaucoup d'hésitations je me suis décidée à me confier à vous.

J'ai eu le grand malheur de perdre un beau jeune homme de dix-neuf ans, d'une terrible maladie, la sclérose en plaques; ce fils était ma raison de vivre.

Je l'ai vu, pendant trois ans et six mois, dépérir et perdre l'usage de ses membres, cécité (induration du nerf optique), j'ai vu ses os percer la peau, j'ai vu tant de misères, j'ai senti au triple sa douleur, tout était atteint, sauf ses facultés intellectuelles pour ressentir les terribles souffrances et se voir diminuer physiquement. Je lui ai prodigué mes soins, seule, pendant un an, complètement paralysé, trois fois par jour, des soins qui duraient une heure chaque fois, lui donner la becquée comme un petit oiseau, lui brosser les dents, enfin tout, et... devoir aller lui chercher les matières fécales, pour le soulager, parce qu'une paroi abdominale était paralysée.

Devant tant de souffrances, j'ai parlé un jour au médecin d'euthanasie. Il m'a dit : " Je vous comprends, mais je ne puis. " Une autre fois j'ai eu le courage (triste) de dire : " Je ne sais si mon devoir de chrétienne ne serait pas de faire mourir mon fils et de me supprimer ensuite. " Je n'ai pas eu ce triste courage. Je lui ai sacrifié tout mon amour, ma santé, mon dévouement, hélas! pour aboutir... à la mort cruelle. Le médecin a avoué à ma sœur que dans sa vie professionnelle il n'avait jamais vu un être humain aussi cruellement atteint; car, à sa mort, il pesait peut-être trente-cinq kilos. Un grand jeune homme de un mètre soixante-dix, qui était en pleine santé, très dynamique et, à seize ans et six mois, cette terrible maladie s'abat sur lui.

Je ne puis blâmer une personne qui a abrégé la vie d'un être aimé, car le véritable amour c'est aimer l'être pour lui-même et non pour soi.

Mais... nos principes chrétiens, la morale et nous ne sommes pas maîtres de la vie et de la mort; mais voir un être aimé, son enfant, souffrir sans espoir de guérison, quelle douleur. J'ai vu et laissé mourir mon petit sans rien pouvoir faire pour le soulager. Je n'ai rien négligé sur le plan spirituel; je suis allée à Bologne et tant de cliniques en Suisse; écrit à des médecins étrangers; rien, rien.

Voici dix ans qu'il est décédé, mon petit André, et il a emporté avec lui ma joie de vivre; je crois que j'ai été, pendant cinq ans, assommée et ne sais pas comment j'ai vécu. Mais aujourd'hui je ne me repens pas d'avoir eu le courage de résister à... l'euthanasie; d'autre part je ne condamne pas celui qui la pratiquerait.

Amis français, je suis une Belge exilée en Suisse, mariée et séparée d'un Suisse, j'éprouve presque un soulagement de vous avoir écrit et vous voue une admiration pour tous les problèmes humains que vous exposez avec tant de cœur et de sincérité.

Avec mes salutations distinguées et mon affection pour la France. »

Que leur dire, aux parents qui ont vécu ce calvaire et qui en resteront déchirés toute leur vie, quelle que soit la décision qu'ils ont prise? Que leur dire, sinon que le fameux dicton « Tant qu'il y a de la vie, il y a de l'espoir » ne s'applique à personne autant qu'aux êtres jeunes. La « rage de vivre » des enfants est si grande qu'ils bousculent parfois les théories scientifiques les plus solides. Tout le monde sait que les enfants constituent le terrain d'élection des miracles. Et il suffit de savoir que les miracles *peuvent* avoir lieu pour ne plus avoir le droit de ne pas leur donner toutes les chances de se produire.

Un médecin nous a écrit : *« Répondant à votre appel concernant l'euthanasie, je vais essayer de vous raconter l'histoire de Francine. »* Et l'histoire de Francine, c'était l'histoire d'une petite fille resurgie d'entre les morts, une petite fille qui a été légalement morte et qui est aujourd'hui physiquement vivante. Jugez-en plutôt :

« 23 heures, début juillet 1953. Coup de sonnette, émersion du premier sommeil. Je suis en face d'un homme, béret sur la tête, pardessus, mains dans les poches. La nuit est fraîche. Il parle lentement, l'air intérieurement réjoui de certains personnages de Marcel Aymé, le samedi soir.

" Docteur, je vous dérange. Simplement pour vous dire ce qu'a pensé Mme Lefaivre, à propos de Francine, quand on a eu fini de la dresser pour. Je suis voisin et avec ma femme, on a aidé. Le docteur de B..., cet après-midi, quand

il nous a fait remmener la petite pour mourir à la maison, nous a bien dit que ce n'était pas utile de vous appeler en arrivant; que ça serait assez tôt demain dans la matinée pour constater le décès. Mais voilà, quand on a eu fini de la dresser pour, la robe, les fleurs, Mme Lefaivre a pensé que vous aimeriez peut-être autant venir cette nuit, puisque aussi bien, demain c'est dimanche. Elle respire encore. La moindre des choses alors, c'est vous qui voyez s'il vaut mieux attendre demain pour le certificat.

– C'est tout vu. J'arrive.

– C'est vous qui voyez. "

Je voulais surtout *voir. Francine, c'était, quatre jours plus tôt, à Audincourt, rue des Mines, quartier des Forges, dans les petites cités, voyez le genre, un bout de fille de trois semaines, avec une diarrhée banale au lait de vache, que j'avais préféré garer dans un service de pédiatrie. Depuis deux ans, l'été amenait un stock de catastrophes, baptisées encéphalites, puis toxicoses dues, on le sait depuis, à des colibacilles très méchants. Le temps d'aller chercher le père à l'usine pour passer le prévenir et je trouvais, au fond du berceau, un pauvre petit squelette aux yeux creux, poupée de cire diaphane à l'image de la mort. En principe, les chances d'un service de pédiatrie normal étaient plus grandes pour éviter ou traiter une toxicose qu'en milieu familial, surtout pour une diarrhée au lait de vache...*

Maintenant, j'étais devant la mère, vêtue de noir, qui parlait les bras le long du corps, le visage immobile, sur le fond des voisins groupés. Ce ton de voix monocorde, ce débit sans passion d'Emmanuelle Riva dans l'horreur des mots et des situations. "... quand on a eu fini de la dresser pour, j'ai pensé que vous aimeriez... Bien sûr, le docteur de B... a dit que ce serait assez tôt demain... alors si vous croyez que c'est la peine..."

Sous cette réserve passait un appel animal, désespéré, insoutenable. Dans la pièce à côté, le lit de fer noir, à l'italienne, cernait un drap de fil bien tendu avec au milieu, couché, un grand médaillon de fleurs séchées très Napoléon III. De plus près, le cadre ovale était fait des fleurs blanches et des feuilles du jardin ouvrier. Au milieu, la robe, toute roide d'amidon frais repassé. C'était ça "dresser pour". Les mains comme des pattes de souris croisées sur la poitrine, avec au-dessus, dans les dentelles du bonnet, la bouche qui s'ouvrait toutes les cinq secondes. Elle s'ouvrait, happait une petite gorgée d'air, juste sa part, bien poliment, sans bruit. Petit poisson qui meurt près d'une flaque d'eau. Le buis offert dans le verre d'eau bénite. J'ai demandé à la mère : "Qu'est-ce qu'ils lui ont fait, là-bas, à l'hôpital?

– Rien, docteur.

– Pas de médicaments, pas de piqûres? Ils lui donnaient à boire au moins?

– Non, rien, docteur. Cet après-midi elle était dans son lit comme nous l'avions laissée, il y a quatre jours. Le docteur nous a dit qu'il fallait l'emmener pour mourir à la maison. Je lui ai demandé s'il fallait vous prévenir en arrivant. Il m'a dit que non et que ça serait assez tôt demain matin pour constater le décès... Alors quand on a eu fini... j'ai pensé...

– Madame Lefaivre, la petite est tout simplement en train de mourir de faim. On va la mettre sous oxygène, dans un panier à lessive avec un rideau de tulle par-dessus, et sous le rideau, avec un compte-gouttes, comme je vais le faire, vous lui donnerez une goutte d'eau sucrée chaque minute. Un sucre pour un biberon. Le biberon suivant, une cuiller à café de lait condensé en place de sucre. Pareil pour les autres biberons jusqu'à ce que je vous dise..."

Je suis resté peut-être deux heures auprès de Francine. Les trois jours suivants, à chaque visite, je retrouvais la mère dans l'attitude fixée le premier soir. Au quatrième jour, elle était habillée de gris et tenait un biberon à la main. Ce matin-là, j'avais reçu l'avis dont fac-similé ci-après :

HOPITAL CIVIL
BELFORT

Belfort, le 4 - VII - 1953

Mon cher Confrère,

Le malade Lefaivre Francine que vous avez bien voulu nous adresser le 1 - VII - 53 est décédé (reparti) le 3 - VII au matin

DIAGNOSTIC : Toxicose - malgré une réhydratation bien tolérée, le cœur est resté mauvais. L'enfant a fait un sclérœdème généralisé -

Veuillez agréer, Mon cher Confrère, avec nos remerciements, l'expression de nos sentiments les meilleurs.

LE MEDECIN :

Un mois après, j'ai montré ce papier aux Lefaivre. La dernière fois où j'ai vu Francine, c'était il y a trois ans, toujours aux Forges. Coiffée comme Jeanne d'Arc Seberg, elle avait les joues aussi rondes et colorées qu'une pomme frottée sur la manche. Avec au coin des yeux quelque chose de rieur, qui m'a rappelé... c'est ça... LE MONDE DU SILENCE... Oui... JOJO LE MÉROU. »

Cette petite Francine remontée de la Paix des Profondeurs pour faire la nique aux médecins, cette petite Francine « ressuscitée » ne porte-t-elle pas témoignage de la prodigieuse vitalité des enfants, des ressources insoupçonnées dont ils disposent pour lutter contre la mort? Ils sont le symbole même de l'espoir. Comme il faut être malheureux, comme il faut souffrir pour accomplir envers eux le geste *désespéré* de l'euthanasie!

Un geste que réclament au contraire comme une délivrance certaines personnes âgées pour qui le mot même d'espoir ne veut pas dire grand-chose et à qui rien ne paraît plus naturel que de quitter une vie qui n'a d'autre sens que la misère et la souffrance. C'est à ceux-là que nous songions d'abord lorsque nous avons lancé notre appel sur les ondes pour une éventuelle émission sur l'euthanasie. C'est de ceux-là que nous a entretenus la grande majorité des lettres que nous avons reçues. C'est ceux-là qui vont maintenant apporter leur témoignage dans le grand procès de l'euthanasie.

8

Le lit de douleur

Pourquoi pensions-nous surtout – et presque uniquement – aux grabataires lorsque nous avons lancé notre appel à la télévision? Parce qu'ils sont l'immense majorité. Parce qu'ils représentent le cas non seulement le plus courant, hélas! mais aussi – le mot est horrible – le plus normal. Pour aussi dramatiques qu'elles soient, les situations que nous avons passées en revue jusqu'à présent sont liées à des circonstances très particulières. Il naît peu d'enfants anormaux; la guerre est un fléau épisodique; la maladie s'abattant sur un jeune être en pleine santé peut être considérée comme une injustice du sort. Mais nous mourrons tous. La nature nous condamne tous, sauf accident, à mourir de vieillesse. Après avoir plus ou moins longtemps navigué (beaucoup plus longtemps aujourd'hui qu'autrefois) sur une mer où les écueils de la maladie se font de plus en plus nombreux, nous en éviterons un, deux, dix pour venir sombrer sur le onzième. Celui-là nous clouera au lit pour quelques heures, quelques jours ou quelques mois avant la délivrance et, le plus souvent, c'est la souffrance qui sera notre compagne fidèle pendant cette dernière épreuve.

Voilà pourquoi, lorsqu'on parle d'euthanasie, on songe avant tout aux grands malades incurables, à ceux qui ont déjà derrière eux tout un passé, toute une vie et qui n'ont devant eux, en tout état de cause, qu'un très maigre avenir, un avenir de souffrance et d'angoisse. Comment ne seraient-ils pas fondés à se demander si cet avenir sans issue, cet avenir limité et à peine supportable vaut la peine d'être vécu?

Des milliers de lettres nous ont posé la question. Certaines d'entre elles émanaient de grands malades qui, au milieu de leurs souffrances, avaient trouvé la force de nous confier, d'une écriture souvent tremblante, leurs réflexions, leurs craintes et leurs espoirs. Presque toujours, ce sont des appels au secours, des prières pour être délivrés d'une vie trop lourde à supporter.

« Monsieur,

C'est une grande malade incurable qui vous écrit. Depuis longtemps je pense à cette théorie qu'est l'euthanasie. Votre appel me procure l'occasion d'en parler aujourd'hui. Une maladie implacable, terrible et incurable (la sclérose en plaques) m'a enlevé peu à peu ce qui est nécessaire à une vie normale. Étant paralysée entièrement depuis de nombreuses années, les renoncements de toute espèce sont en effet mon triste lot. De plus, presque constamment, une souffrance intolérable me torture. Elle couve nuit et jour. Je vis dans la crainte de la crise terrible qui menace, puis me terrasse. Il s'agit d'une névrite rebelle à toutes médications. Ceci pour dire que par expérience je peux me permettre d'avancer une opinion sur ce délicat problème. Dans un cas semblable, la vie est devenue trop pénible et on se sent forcément de l'autre côté de la barrière.

Un être souffrant, handicapé par une maladie inguérissable qui le rend infirme, est une anomalie à la condition humaine. Il n'a plus sa raison d'être et devrait être rayé de la collectivité. Il est une charge pour lui-même (ô combien!) et une non moins grande pour son entourage.

Je sais toutes les réfutations qui vont vous être apportées. Je les connais. Entre autres du point de vue spirituel. Je persiste néanmoins à penser que dans certains cas désespérés et pour abréger vos souffrances vaines et inutiles, l'euthanasie devrait être admise par la loi. »

Cette malheureuse gisant paralysée sur son lit près de

Troyes (Aube) et appelant la mort, la télévision nous aurait permis sinon de l'aider, du moins de lui apporter un réconfort. Grâce à la télévision, dont la propriété est précisément d'abolir les distances, à la télévision dont le rôle est de faire rencontrer ceux qui n'ont aucune chance ni aucune raison de se rencontrer, nous aurions pu lui présenter une autre malade, souffrant de la même maladie, étendue comme elle depuis des années sur son lit de douleur... à cinq cents kilomètres de là, à Guéméné-Penfao (Loire-Atlantique).

La maison de Me Roiné, principal clerc de notaire à Guéméné, devrait être la maison du bonheur. Un jardin où poussent des camélias et des mimosas descend jusqu'au cours d'eau qu'un barrage rend tortueux à cet endroit. Au loin, les routes, les bois et quelques maisons en pierre du pays et au toit d'ardoise composent l'un des paysages les plus harmonieux que l'on puisse rêver...

C'est en réalité depuis cinq ans la maison du désespoir. En donnant le jour à un beau garçon, Mme Roiné a senti les premières atteintes du mal qui la cloue désormais au lit, dans une chambre du premier étage, juste au-dessus de la salle à manger où M. Roiné nous parle en ce moment et d'où la vue est si belle...

« Actuellement, elle va un peu mieux mais, il y a trois mois, les médecins pensaient qu'elle n'avait plus que quelques semaines de vie...

– Elle souffre?

– Elle souffre horriblement, physiquement et moralement. Elle est atteinte de tuberculose pulmonaire en plus de sa sclérose en plaques et elle a subi de nombreuses interventions chirurgicales extrêmement douloureuses. Je ne crois pas exagéré de dire que la mort serait pour elle une délivrance.

– Vous voulez dire que l'euthanasie...

– Jamais, monsieur. L'euthanasie, nous la considérons,

ma femme et moi, comme un crime. Nous pensons que la vie humaine n'appartient pas à l'homme mais à Dieu et que l'épreuve qui nous est envoyée ne peut que nous grandir.

– Vous-même, vous avez changé?

– *Oui, de voir le monde continuellement à travers ce voile de souffrance fait que je ne trouve plus d'importance qu'à l'essentiel; tout le reste me paraît petit et inutile. Je vis sur un plan très différent, plus spirituel...*

– Ça a été facile?

– *Très difficile. Maintenant encore, c'est difficile. J'ai fait plusieurs dépressions nerveuses. Je suis toujours tendu, préoccupé. Je ne peux m'empêcher de penser à nos premières années de mariage, quand nous étions si heureux...* »

Avant de partir, nous sommes montés dans la chambre du premier étage où vit Mme Roiné, la chambre où elle sait qu'elle mourra dans quelques semaines, quelques mois ou quelques années sans avoir cessé de souffrir. Elle est un peu pâle, un peu maigre, comme une jeune femme qui viendrait d'entrer en convalescence après une maladie assez sérieuse. Elle parle doucement mais sans effort. Elle a un beau sourire résigné mais pas triste. Son regard, lui, n'est plus tout à fait de ce monde.

Elle est heureuse de nous voir bien que, depuis quelques mois, elle ne regarde plus la télévision, dont elle appréciait beaucoup la présence pendant les longues journées monotones. Pour rien au monde elle ne voudrait priver son fils – qui n'a jamais connu sa mère que malade – des dessins animés, qu'il adore. Elle a exigé que l'on descende le récepteur dans la salle à manger.

– *C'est une véritable sainte!* nous dit M. Roiné à mi-voix en descendant l'escalier.

Lui voudrait bien aussi être un saint, il y aspire de toutes ses forces, mais il y a une partie de lui-même qui résiste, qui n'est pas faite pour ces circonstances exceptionnelles, pour cette marche sur un fil tendu au-dessus de l'angoisse et de la souffrance.

Mme Roiné, elle, a pleinement accepté son destin. Elle vit sa souffrance avec héroïsme : c'est son lot sur cette terre. En regagnant notre voiture, les bras chargés de mimosa et de camélias, nous ne pouvons nous empêcher de songer à cet émouvant dialogue qui aurait pu naître sur les ondes. Peut-être Mme Roiné aurait-elle su trouver les mots pour aider par l'exemple notre correspondante de l'Aube à assumer son propre destin? Peut-être...

Mais la souffrance est souvent la plus forte. L'une des lettres les plus bouleversantes que nous avons trouvées dans notre courrier était une lettre à peu près indéchiffrable. Une lettre de quatre pages offrant l'aspect des gribouillages que trace un enfant qui commence à peine à écrire. Les lignes montaient ou descendaient, des mots entiers étaient illisibles, d'autres ne pouvaient être compris qu'après de longs tâtonnements; de temps à autre, des membres de phrases émergeaient, qui tiraient les larmes des yeux :

« Deux ans et demi passés à Buchenwald... je souffre depuis cinq ans... mon médecin qui était un ami m'a dit, passez-moi le terme, " je ne te prends pas pour un con, tu souffres de polyarthrite évolutive, il n'y a rien à faire... " ... la morphine, j'en ai pris sept boîtes par semaine... je me suis désintoxiqué, mais les crises me terrassent... il n'y a que cela qui me donne un soulagement mais j'ai une heure ou deux où je vis... En ce moment, je suis au lit sans pouvoir faire un mouvement... qu'on me laisse mourir en souffrant le moins possible... j'ai soixante-huit ans, que l'on ne recommence pas à me faire souffrir plus qu'à Buchenwald parce que j'endure un vrai martyre... je voulais me descendre moi-même... j'ai déjà essayé de me suicider et ai été transporté à Bayonne... »

Au dos de ces lambeaux de phrases qui semblaient arrachés à la mort, une main très ferme avait écrit :

« Messieurs,

Cette bien triste lettre vous témoignera combien la souffrance peut réduire un être – autrefois normal et aujourd'hui devenu un malheureux voué aux pires douleurs physiques et morales devrait-il vivre cent ans!

Oui, la charité chrétienne voudrait qu'on abrège les souffrances.

La morale chrétienne répond non!

Je me demande parfois si moi, sa femme, qui l'aime au point de lui consacrer tous les instants de ma vie, et qui assume la charge de le soigner jour et nuit – je ne devrais pas l'aimer davantage en lui donnant cette mort qu'il désire tant. Et en me la donnant moi-même pour ne pas souffrir non plus!

Vous répondrez sans doute à cette question en disant que je suis aussi atteinte que lui. Mais cela ne résoudra pas le problème. »

Lorsque nous avons écrit à M. Malhomme pour lui demander s'il voulait bien que sa lettre fût versée au dossier que nous étions en train de constituer pour *France-Soir,* c'est elle, Mme Malhomme, qui nous a répondu, son mari se sentant incapable de refaire le terrible effort que son témoignage lui avait coûté.

Elle nous disait : *« Nous vous faisons entièrement confiance pour vous servir de nos lettres et nous vous autorisons volontiers à les publier in extenso. »* Et elle redisait :

« Ayant souffert moralement et physiquement comme déporté tout ce que ces pauvres martyrs ont souffert, il n'a jamais retrouvé son équilibre. Souffrant d'autre part d'une polyarthrite évolutive qui le retient alité depuis plus d'un an dans des souffrances atroces, il est facile, sinon d'admettre, du moins de comprendre son désir de mourir! La tendre affection et la grande pitié que j'ai pour lui me conseillent parfois, hélas! de lui donner la mort, puisqu'il m'en supplie! Ma foi chrétienne me l'interdit et le problème reste entier. »

Oui, le problème reste entier. Quel directeur de conscience oserait se mêler au débat intérieur que vit quotidiennement Mme Malhomme? Et s'il advenait qu'un jour, *tout bien pesé*, elle décide, après avoir versé tant de larmes de sang, de donner suite à son funeste projet de double suicide, quel tribunal humain se permettrait de la juger? Au nom de quelle expérience plus profonde que la sienne de la souffrance physique et morale?

Voilà où nous en sommes alors que cette enquête est loin d'être terminée, alors que le procès de l'euthanasie n'a pas encore dépassé la phase de l'instruction. Mais de ces exemples contradictoires, de ces témoignages pathétiques et sincères, une question surgit dès maintenant qu'il est impossible d'éluder et que nous retrouverons plus tard, lorsque nous envisagerons sous un angle plus théorique le problème de l'euthanasie. Cette question, la voici : n'est-ce pas au nom même d'une conception très élevée de la dignité humaine que l'on peut être tenté de préférer la mort à une déchéance qui dégrade l'homme en vous?

Trois cas spécialement dramatiques vont nous aider à montrer sous quel aspect particulièrement aigu elle se pose parfois.

Si nous devons taire les noms de M. G..., de M. M... et de M. D..., c'est qu'ils sont vivants tous les trois. Tous les trois ont été aux portes de la mort. Aucun des trois n'est redevenu pleinement lui-même, n'est un vivant à part entière. Tous les trois ont traversé une crise morale grave. Tous les trois ont souhaité ou souhaitent encore l'euthanasie. C'est par altruisme que M. G... (avec son désespoir de ne pouvoir se réadapter) et M. M... (avec son apparente sérénité) désirent la mort. C'est par inconscience que M. D... ne la désire plus : il est seul à ignorer à quel point il est diminué; il est heureux; il ne pense même plus qu'il a souhaité mourir; sa femme, seule, porte le lourd fardeau.

M. G..., nous le connaissions déjà. Il avait participé il y a quatre ans à l'émission de télévision qui nous avait conduits dans le service de réanimation de l'hôpital Claude-Bernard et qui était intitulée *le Souffle de la vie.* Certains téléspectateurs se souviennent peut-être de l'interview de cet homme dont la tête seule émergeait parce que son corps était enfermé dans le poumon d'acier auquel il devait depuis de longs mois de survivre. Il était considéré à cette époque comme condamné pour le reste de ses jours à une vie immobile dans ce cercueil métallique.

« Je n'en pouvais plus, écrit-il aujourd'hui, d'une écriture irrégulière mais parfaitement lisible. *J'avais convenu avec ma femme d'une date limite pour cette survie artificielle. A force de pression, j'avais obtenu d'elle qu'elle pratiquât l'euthanasie. Je ne saurai jamais si elle aurait accompli le geste de débrancher l'appareil puisque, heureusement — faut-il dire "heureusement"? — je fis brusquement quelques progrès à cette époque.*

Je saute les étapes. Je rentrai chez moi très rapidement où je fis connaissance de mon quatrième enfant né pendant mon séjour à Claude-Bernard. Quoique paralysé des membres supérieurs, ce qui m'empêche d'être indépendant — mon écriture le prouve — grâce à mon métier, je peux reprendre mon activité. Mais là est le drame. Je suis un patron et la lutte est trop dure. La concurrence, le progrès m'obligent de suivre et je ne peux pas. Physiquement, je ne tiens pas. N'ayant pas les possibilités d'avoir un état-major important et compétent, voulant conserver une vie décente et bourgeoise à ma famille, ayant une sainte horreur de l'hospice, j'arrive à regretter — malgré la chance que j'ai eue — étant le seul rescapé de mon époque — d'être encore vivant — car je deviens impossible à vivre et rend malheureux ma femme et mes enfants. Si, lors de ma condamnation, il avait été possible de pratiquer l'euthanasie, que se serait-il passé?

Ma femme aurait pu refaire sa vie. Mes enfants – très jeunes – m'auraient oublié. On ne penserait à moi qu'avec des regrets et tout auréolé de toutes les qualités. Mon affaire aurait pu être soit vendue soit gérée par mon successeur.

Après le coup brusque d'une polio fulgurante, la vie aurait repris bien plus facilement que maintenant.

Le bonheur pour moi n'a été que de l'égoïsme lors de mon retour. Tout alors était idéalisé mais les réalités sont réapparues bien vite. »

Vivre diminué, est-ce vivre? Faire par sa présence le malheur de ses proches, n'est-ce pas souhaiter disparaître? M. M..., qui, tout en vivant totalement paralysé sur son lit d'hôpital, a pourtant trouvé une certaine forme de bonheur, n'en pose pas moins, lui aussi, le problème avec un calme qui donne le frisson.

« Monsieur,

Je réponds peut-être un peu tardivement à l'appel que vous avez lancé au sujet de votre émission Faire face *consacrée à l'euthanasie. Je pense que mon cas est intéressant et qu'il peut donner matière à réflexion.*

J'étais âgé de trente-trois ans, en excellente forme physique, extrêmement sportif, en pleine ascension dans une carrière qui me passionnait, carrière nécessitant une grande dépense d'énergie et de mouvement, à un poste de commandement, lorsque j'ai été victime d'un accident d'automobile. En une fraction de seconde, à la suite d'une lésion très haute de la moelle épinière, je me suis trouvé totalement paralysé; après des mois et des mois d'hésitation entre la vie et la mort, j'ai survécu, mais suis toujours privé de mouvements : je ne puis faire aucun geste utile.

Mon corps, si actif autrefois, est mort; seuls la tête et le cerveau sont encore de ce monde.

Je précise tout de suite que, dans l'état actuel de la science, il n'y a maintenant, plus de trois ans après l'accident, aucun espoir de récupération, même partielle. Il faut constamment une présence à mes côtés... ne serait-ce que pour chasser une mouche trop entreprenante qui se pose sur mon nez. Je suis d'ailleurs toujours dans un hôpital spécialisé.

Ne parlons pas du problème financier qui, pour le moment, ne me préoccupe pas personnellement, mais qui peut devenir tragique et qui l'est certainement pour d'autres malades moins favorisés que moi à cet égard.

Comment se présente l'avenir?

POUR MOI-MÊME : Dans un corps aussi sérieusement diminué, survivant au grand ralenti, la porte est ouverte à toutes les infections, en particulier urinaires et rénales; celles-ci auront un jour ou l'autre raison de cet organisme débile. Presque tous les tétraplégiques comme moi, soignés à l'hôpital, peut-être moins robustes que je ne l'étais, ont d'ailleurs disparu. Disparu après avoir lutté et énormément souffert physiquement; ils étaient parfaitement conscients de ce que leur fin était inévitable.

Ne vaudrait-il pas mieux choisir son moment et s'en aller sans douleur?

POUR LES PROCHES : Leur vie s'est arrêtée; ils se consacrent entièrement au malade; l'épouse n'a plus aucune des joies qu'elle est en droit d'attendre du mariage; elle doit s'organiser seule, se rendre à l'hôpital aussi souvent que possible si son mari est à l'hôpital, et se sacrifier journellement si elle réussit à prendre le malade à la maison; sa vie n'est faite que d'une suite de soins et de dévouements pour un mari vite nerveux, voire même acariâtre. Sa vie n'est aussi qu'inquiétude, car elle sait parfaitement à quoi s'en tenir sur l'état de son mari et les perspectives de l'avenir.

Les enfants n'ont pas de père car ils ne le voient que très peu s'il est à l'hôpital, ou ont sans cesse le spectacle de la souffrance et de L'IMPUISSANCE s'il est rentré chez lui.

Pendant combien de temps cette existence se poursuivra-t-elle? Ne vaudrait-il pas mieux LIBÉRER cette femme et lui permettre de se refaire une vie normale? Elle aime, bien sûr, son mari et n'est certainement pas d'accord, mais un grand chagrin est-il toujours éternel? Heureusement pas. Le problème est le même pour des parents qui soigneraient un de leurs enfants.

Évidemment le malade, tout " soliveau " qu'il soit, jouit de facultés inestimables que lui envieraient bien des personnes saines : toutes ses facultés intellectuelles; il peut lire, regarder la télévision, soutenir des conversations, réfléchir (oh! combien!...). Cela est-il suffisant pour lui donner le goût de vivre et pour oublier son activité et sa carrière perdues?

L'amour subsiste et se sublime entre les deux époux – dans mon cas particulier – mais j'ai pu voir qu'il fait rapidement place à de la haine ou de l'indifférence dans d'autres cas. Ce grand amour peut-il être la justification du prolongement de deux vies brisées dont l'une uniquement remplie par le sacrifice?

Malgré toute l'affection qu'ils lui portent, un père aussi handicapé n'est-il pas néfaste à l'épanouissement de ses enfants?

J'ai été très long à vous exposer mon cas, qui est celui de tous mes semblables. On me dit que je tiens, que mon épouse et moi tenons le vrai bonheur... J'en doute.»

Ainsi, M. M... voudrait mourir parce qu'il se sent peser sur le destin de ses proches. Sauvé par un miracle, M. G... regrette de ne pas être mort et se demande si continuer à vivre n'est pas tout simplement de l'égoïsme. M. D..., lui, ne se le demande pas. Il préférait la mort à la déchéance mais il a retrouvé le bonheur en même temps qu'une certaine activité. Sa femme, qui n'ignore pas que cette activité est dérisoire et que son mari est un homme très diminué, songe pourtant avec horreur qu'elle aurait pu, par amour pour lui, supprimer un être qui est aujourd'hui *heureux de vivre*. C'est elle qui nous a écrit, de Marseille où ils vivent, cette lettre déchirante :

« Il y a quelques années, après avoir vu un film de Cayatte, je suis sortie de la salle persuadée que non seulement l'euthanasie était un droit, mais un devoir.

Quelques mois plus tard, alors que j'étais en vacances dans un petit village, j'appris que dans une cave infecte agonisait depuis plusieurs jours un malheureux chien galeux et aveugle. Puisqu'il n'y avait pas de SPA dans le pays, puisque personne ne s'intéressait au sort affreux de cette bête, j'allai, bien que haïssant la mort, lui donner le coup de grâce. Je n'aurais pu, il me semble, dormir l'âme en paix, connaissant cette misère sans espoir qui n'était pourtant que celle d'un animal.

Et puis vint un certain mois de juillet. Autrefois, nous goûtions durant les vacances nos meilleures heures de l'année : bateau, pêche sous-marine. Hélas! cette année-là, après une crise cardiaque, je ne pouvais plus accompagner mon mari dans ce sport fatigant ni lui imposer la discipline et l'équilibre qui conviennent dans l'accomplissement de ces efforts aquatiques. Mon mari avait cinquante-quatre ans. C'est un mauvais âge, même et surtout parce qu'il était un homme pesant quatre-vingt-dix kilos et se livrant à la vie avec une ardeur qui lui semblait saine, mais qui était dangereuse parce que sans mesure.

Le 22 juillet, je vis partir un être encore beau, vif, à l'œil brillant, à la bouche ardente; une heure plus tard, on me ramena un corps mou, paralysé du côté droit. Le visage non tiraillé semblait un masque où ne passait nulle expression et l'aphasie ne permettait plus à cette belle bouche que d'émettre des grognements de bête.

Mon mari fut transporté dans une clinique où je vécus près de lui de 9 heures du matin à 8 heures du soir. Je pensais que de voir un regard mort dans des yeux jadis empreints de la plus vive intelligence était pour moi la plus rude épreuve. J'en ressentis une plus insupportable encore lorsque dans ces yeux devenus immenses et vides commença de naître une expression qui, hélas! n'était que celle d'une profonde détresse : il comprenait, il souffrait.

Chaque jour s'établissait entre nous une étrange conversation : je parlais, il répondait par un geste, parfois par un regard; mais, dans ce regard qui s'humanisait chaque jour davantage et qui n'en devenait que plus pitoyable et suppliant, je commençais à saisir ce qu'il voulait me faire comprendre. Moi qui avais connu chez cet homme l'ardeur de vivre, la confiance en soi, la passion du travail et du plaisir, la fermeté de la parole, je détournais mon regard pour ne pas lire dans le sien l'épouvante et la honte tandis que trois infirmières le soulevaient pour accomplir des gestes humiliants pour lui. Plus que tout autre il ressentait sa déchéance; lui qui avait toujours redouté la présence de la maladie, qui avait été un compagnon assez lointain pour moi lors de ma crise cardiaque, ne pouvait qu'être désespéré en regardant la moitié de son corps flasque, insensible, inutile, livré aux mains étrangères.

Et les jours passèrent, apportant chacun un peu plus de clarté dans ce cerveau obscurci, quelques mots simples dans cette bouche à la langue convulsée. Je reprenais espoir. Je demandais à la clinique la consultation d'un neurologue. Son diagnostic fut brutal; je vous le livre textuellement : " L'aphasie disparaîtra dans quelques semaines, la jambe et le bras sont foutus; l'intelligence : point d'interrogation. "

Et ce docteur, que j'avais prié de passer dans le couloir pour me livrer sa pensée, était resté dans la chambre du malade et avait assené ces terribles paroles avec une indifférence totale, pensant peut-être que mon mari ne comprenait pas; mais moi, j'avais vu le regard chavirer et la main gauche devenir un poing serré.

Dès lors, notre vie devint un martyre; j'essayais d'aborder des sujets divers : cette main gauche, cette main vivante ébauchait un geste d'indifférence, attirait mon visage vers la tête immobile sur l'oreiller, afin que mon regard ne puisse fuir celui qui maintenant me criait : " Tue-moi si tu m'aimes; délivre-moi de ce corps dont j'ai tiré tant de joies et qui n'est plus qu'un objet d'horreur et de honte. "

Je me rappelai alors avoir rencontré, tandis que j'étais

accompagnée de mon mari bien portant à cette époque, un de ses anciens camarades qui avait été atteint d'une crise d'hémiplégie; il marchait avec des gestes de pantin, pitoyable et ridicule.

" Affreux ", avait dit mon mari.

Et moi, plus blagueuse qu'inquiète :

" Si tu ne veux pas lui ressembler un jour, suis le régime que t'a indiqué le docteur et tâche de dormir davantage. "

Il avait ébauché un geste coupant; et, parlant de lui-même :

" On ne verra jamais M. D... se promener dans cet état; le cas échéant, je saurai lui régler son compte en vitesse... "

" Hélas! pensais-je, ton orgueil d'alors, ta force physique ne pouvaient te faire prévoir ton impuissance actuelle. "

Lisant en moi, il attira une fois de plus mon visage vers le sien et j'entendis sortir de ses lèvres un mot dit sur le ton impératif de jadis : " TOI ! "

C'est ainsi que commença mon obsession. J'avais toujours aimé mon mari profondément et j'avais accoutumé de lui obéir; il y avait en lui une volonté froide contre laquelle la mienne ne pouvait rien.

Son regard redevenu impératif me communiquait facilement maintenant ses pensées, ses ordres, ses colères et quelques mots sortaient de ses lèvres : " Je veux... il faut... tu dois... J'ordonne... "

Au bout de vingt et un jours, le médecin de la clinique jugea mon mari transportable. Nous couvrîmes les mille kilomètres du parcours en ambulance et nous nous retrouvâmes dans notre foyer quitté si gaiement un mois plus tôt.

La consultation d'un second neurologue ne me donna pas plus d'espoir que le premier. Je cachai ma déception.

– Tu vois, disais-je à mon mari, il y a encore du bonheur pour nous ici. Cette chambre si charmante, ces meubles que nous aimons tant, ces fleurs cueillies dans notre jardin et notre amour qui ne se plaindra pas d'être cloîtré.

– Non, non, criaient le regard, les lèvres maladroites. Je veux mourir.

Et un soir, je décidai d'obéir; je cherchai les trois tubes du médicament que j'absorbais chaque jour pour rendre mon sang plus fluide. Pris à forte dose, il cause des hémorragies, amène une mort douce, sans souffrance, la seule que je voulais entrevoir pour mon mari.

Tandis que je revenais vers lui, les trois tubes jaunes et blancs serrés dans ma main, il m'appela pour me faire accomplir des gestes qu'il jugeait humiliants pour lui et pour moi. Depuis notre départ de la clinique, je me trouvais pour la première fois sans infirmière, celle-ci étant sortie. J'essayais de soulever mon mari seule... et je ressentis le plus grand bonheur de ma vie : les reins se soulevaient légèrement, la jambe avait frémi.

Mes bras se refermèrent sur mon compagnon, entraînés par un sentiment d'enthousiasme et de joie. En quelques secondes nous avions abandonné l'idée de la mort.

Je cherchai le lendemain les conseils et les soins d'un excellent kinésithérapeute qui vint deux heures chaque jour faire massages et rééducation.

En trois mois, la jambe droite put porter mon mari, en cinq mois les doigts de sa main purent tenir un crayon, le bras se redressa tout d'abord grâce aux exercices faits à l'aide d'une poulie posée au plafond. Je ne vous parlerai pas de nos déceptions, de nos découragements, courts et tristes intermèdes dans notre lutte opiniâtre et quotidienne.

Deux ans plus tard, mon mari marche presque normalement, conduit parfaitement sa voiture, écrit, bien qu'avec lenteur, peut redresser une faute commise par un de ses ouvriers, surveiller le travail de son secrétaire.

IL EST HEUREUX.

Et si je sais qu'un certain 22 juillet, j'ai perdu mon mari tant chéri, que mon compagnon actuel est un autre physiquement, moralement, intellectuellement, de nous deux je suis seule à le savoir et je tremble d'une terreur rétrospective en songeant qu'un soir, j'ai été sur le point d'accomplir ce qui aurait été, je dois l'admettre, un meurtre. Toutefois, je suis fière de pouvoir affirmer qu'en me débattant dans mon cas de conscience trop grand pour moi, j'avais toujours rejeté de mon esprit le côté social et juridique de la question. Je ne voulais pas qu'une inquiétude personnelle, qu'une lâcheté, qu'une crainte de scandale vinssent s'interposer entre la prière de mon mari et son exécution. Je ne cherchais qu'à résoudre un problème : si je concrétisais nos pensées par ce geste de ma main versant des comprimés dans un verre et portant ce verre aux lèvres de l'homme qui représentait, même tel qu'il était, le bonheur de ma vie, étais-je sûre de prendre la voie du DEVOIR et de la SAGESSE? Maintenant, je pense que j'aurais commis une erreur et que l'euthanasie dans bien des cas fait commettre un acte répréhensible puisqu'il tranche une vie qui, avec le temps et contre tout avis, même médical, peut s'améliorer et donner encore au malade un peu de bonheur.

Bien entendu, si j'avais eu près de moi un être hurlant d'une douleur sans espoir, comme celle qu'apporte la période terminale du cancer, je n'aurais pas hésité à interrompre cette douleur monstrueuse. Ma main n'aurait pas hésité... mais durant les jours qui auraient suivi, n'aurais-je pas entendu dans ma solitude, non la voix de la justice, non la voix de Dieu, mais celle de ma conscience me criant : "As-tu eu raison?". »

Un tel témoignage ne répond-il pas d'une façon admirable à ceux qui osent prétendre que l'euthanasie est un faux problème? N'a-t-il pas aussi le mérite de le mettre sur son véritable plan, ce problème, au-delà de toutes les règles écrites ou révélées? Car c'est finalement là, toujours, que se livre la bataille décisive : dans la conscience personnelle d'un être à la fois torturé et sublimé par ce drame et qui va endosser d'un seul coup la tenue sanglante du bourreau, le vêtement de deuil de la victime et la robe imposante du juge.

Quelle solution les uns et les autres ont donnée à ce débat dramatique et comment ils en ont supporté les conséquences, c'est ce que nous devons examiner maintenant avant de donner la parole aux spécialistes : médecins, prêtres, historiens, hommes de loi.

9
Un bateau fou

Nous n'avons cessé de le répéter depuis le début de cette enquête : rien n'est simple et évident dans ce problème de l'euthanasie. Comment les réponses de confection de la morale courante pourraient-elles convenir à ces débats intérieurs dramatiques dont la tempête secoue tout l'être, le transformant en un bateau fou, sans amarres, sans gouvernail et sans canot de sauvetage? Toutes les notions acquises, tous les instruments qui permettaient de diriger le navire par temps normal, paraissent dérisoires devant la violence de l'ouragan. Alors on agit, on agit par instinct. On reste à bord ou on se jette à l'eau, sans savoir à laquelle des deux solutions les événements donneront raison. On ne se demande même pas, sur le moment, si l'on éprouvera du remords ou non...

Il est toujours facile de moraliser *après,* d'absoudre ou de condamner *ex cathedra,* mais qu'auriez-vous fait, vous, à la place de Mme A..., que nous sommes allés voir dans le Nord et qui nous avait écrit : *« Je ne me sens nullement coupable... »*

Mme A... est une ancienne infirmière. C'est elle qui a été, il y a quelques années, la cause involontaire du drame. Elle était employée dans un service de radiothérapie. Ayant été brûlée par les rayons, elle endurait des souffrances atroces que son mari partageait de son mieux en l'emmenant chaque jour, matin et soir, faire renouveler ses pansements. Et ce fut lui, un jour, qui tomba malade à son tour, de fatigue et de chagrin. Une grave maladie qui exigeait une délicate intervention chirurgicale dans le cerveau. L'opération fut un échec...

« Ce fut un échec! Mon mari sortit de là désarticulé comme un pantin, sans aucun équilibre, presque aphone, mais extrêmement lucide, ayant perdu toute faculté de sommeil et ayant une ouïe extraordinaire : il comprenait ce qui se disait à voix basse très loin de lui; il me disait qu'il avait l'impression d'avoir des amplificateurs de son aux oreilles.

Je revins ici avec lui en ambulance, car il souhaitait mourir près des siens; il n'eut aucune illusion. Il souffrait atrocement de crampes par durcissement des nerfs et il se paralysa totalement peu à peu, sauf le cerveau. On essaya les calmants que l'on injecte aux cancéreux, tout était négatif, il ne dormait pas.

Devant ce cas extraordinaire de sommeil impossible, on eut recours à des doses inhabituelles; je suis infirmière, je parle en connaissance de cause.

Nous sommes catholiques pratiquants et mon mari, après s'être mis en paix avec sa conscience, refusa les perfusions qui devaient prolonger sa vie, car il ne pouvait plus boire, et il demanda qu'on augmentât les doses afin qu'il puisse supporter son mal et mourir plus rapidement. Le docteur hésitait devant une telle responsabilité, mais le prêtre qui l'assistait admit qu'on ne pouvait imposer à un malade lucide des perfusions qui ne font que prolonger un malade de toute façon condamné. Il était libre de choisir de mourir plus tôt. Nous avons augmenté encore les calmants, il s'est donc déshydraté et intoxiqué plus rapidement. Il mourut après un mois de souffrances atroces.

Je ne me sens, ainsi que mes enfants, nullement coupable d'avoir hâté sa fin en essayant d'écourter son calvaire. »

Ils ne se sentent pas coupables et qui oserait les condamner quand le prêtre lui-même intercéda pour qu'on laissât au moribond la liberté de ne pas souffrir plus longtemps?

Il reste que jamais Mme A..., son fils et sa belle-fille n'oublieront les heures terribles qu'ils ont vécues et où ils se sont demandés où était la charité. Mme A... murmure bien : *« Nous avons eu une consolation, celle d'adoucir ses derniers instants grâce au curare et de le voir mourir avec le visage reposé qu'il avait perdu depuis des années... »* Mais la tristesse pèse désormais sur le petit appartement qu'ils habitent, au rez-de-chaussée d'une petite maison, près de Lille. La tristesse d'avoir eu besoin de prêter la main à la nature pour accomplir son œuvre de mort.

A une centaine de kilomètres de là, à Calais où il est commerçant, M. Bordet est plus catégorique encore : *« J'estime avoir eu raison et serais prêt à recommencer dans les mêmes circonstances ou à encourager ceux à qui pareille chose arriverait! »*

Il a quarante-six ans. Il en avait vingt à l'époque des événements qu'il relate. Son père, qui n'avait jamais été souffrant, tomba malade brusquement. Le médecin de famille diagnostiqua un cancer du pylore en pleine évolution et dit au jeune Louis : « Votre père en a pour trois mois. »

Et, en effet, trois mois plus tard, malgré des piqûres de morphine de plus en plus nombreuses, les souffrances étaient devenues intolérables. Le malade était dans l'impossibilité absolue de s'alimenter. C'est alors que le médecin demanda au fils de l'autoriser à abréger le calvaire du père...

« Malgré mon grand désarroi, j'étais d'accord pour voir mourir mon père dans le calme. A peine l'aiguille retirée de son bras, il s'est endormi. Il était sept heures du soir. L'expression ravagée de sa figure s'est adoucie peu à peu, sa respiration est devenue de plus en plus faible et vers minuit il a rendu le dernier soupir... Un mois plus tard, je partais au régiment laissant mes deux frères, âgés de douze et quatorze ans, à la charge d'un tuteur.

Ce fut pour moi un grand chagrin et une lourde responsabilité morale, mais j'estime avoir agi en homme. Le courage physique et moral qu'il m'a fallu, je pense que c'est la dureté de notre vie qui me l'a donné. Quand on a connu la misère et les difficultés, on est plus à la hauteur quand des épreuves comme celle-là arrivent... »

M. J... non plus n'a pas de remords. Il a pourtant eu à affronter un cas de conscience angoissant puisqu'il a tenu entre ses mains la vie de l'homme qui avait tué sa mère! M. J... est musicien. Il nous reçoit entre deux répétitions de l'orchestre auquel il appartient. Ses camarades accordent leurs instruments ou reprennent un passage avec application pendant qu'il essaie de faire revivre pour nous ce moment difficile d'une vie pas très heureuse.

« Quand j'ai entendu votre annonce à la télévision, il m'a semblé que tous les personnages de ma jeunesse, mon père, ma mère, mon beau-père, sortaient du néant où j'essayais de les maintenir. Je ne pouvais plus dormir. Alors je vous ai écrit parce que cela me soulageait et puis parce que je me suis dit que c'était un devoir de témoigner pour empêcher que d'autres souffrent plus qu'il n'est permis... »

Cette lettre, nous la relisons tout en écoutant M. J... :

« Cela s'est passé à Alger, il y a dix ans. Ma mère s'y trouvait avec son deuxième mari. Divorcée, elle avait refait sa vie. Elle fut atteinte d'un mal incurable. On a parlé de cancer au poumon. Ses souffrances étaient intolérables et elle était condamnée par la médecine. Elle demanda à l'homme avec qui elle vivait de l'achever; je ne sais pas après combien de temps il consentit. Une heure après son acte, on le relevait dans la rue : il s'était tranché les veines; il fut sauvé in extremis *par transfusions et emprisonné comme criminel, puisque telle est la loi.*

Je fus convoqué à Bordeaux au commissariat central où l'on m'apprit cette chose. Là, je dus faire une déposition, sans avoir eu le temps de m'interroger, ni de réfléchir, ni même de savoir ce qui s'était passé exactement. Enfin, c'était un coup de massue terrible car je ne pensais absolument pas à cela. En faisant cette déclaration donc, ou plutôt cette déposition, je tenais la vie de cet homme entre mes mains... et pourtant sans un instant d'hésitation j'ai fait une déposition en sa faveur. Par la suite j'ai appris que mon frère, à huit cents kilomètres de là, avait eu la même réaction et, devant la concordance de nos deux déclarations, il fut acquitté. Sans nous concerter, nous avons permis à un criminel de reprendre sa vie d'homme libre.»

Il confirme maintenant de vive voix :

« Je n'ai pas hésité longtemps. D'abord, quelques mois plus tôt, j'avais passé un mois à Paris avec ma mère et mon beau-père. C'était assez pour comprendre qu'il l'aimait d'un amour passionné et désintéressé... Et puis surtout, j'ai revu en un éclair le cadavre squelettique de mon père sur son lit de mort, mon père qui était mort de leucémie sous mes yeux et qui pesait seize kilos le jour où son cœur s'est arrêté de battre. Je savais que j'avais manqué de courage le jour où j'avais repoussé avec énergie la suggestion du médecin : il m'avait entraîné dans le jardin pour ne pas être entendu et m'avait proposé de réduire de quelques jours ou quelques semaines le véritable supplice que mon père endurait...

— Qu'est-ce qui vous avait empêché d'acquiescer?

— *L'espoir d'un miracle, je pense.*

— Vous êtes croyant?

— *Non, mais dans ces cas-là on espère toujours. C'est seulement devant le cadavre de mon père que j'ai su que j'avais eu tort, que j'avais été lâche. Et je suis certain que si j'ai aidé à l'acquittement du meurtrier de ma mère, c'est d'abord à cause de mon père, c'est parce que j'ai compris quelles avaient été les pensées de cet homme-là et quel courage il lui avait fallu. Vous savez, on est marqué pour toute sa vie par une épreuve comme celle-là.»*

Marqués pour toute leur vie, ils le sont tous, ceux qui, un jour, ont accompli, ou laissé accomplir le geste réprouvé par la loi et par la religion. Même ceux-là, que nous venons de présenter, qui estiment avoir leur conscience pour eux, qui recommenceraient le cas échéant et s'affirment donc partisans résolus de l'euthanasie dans des circonstances exceptionnelles.

Mais qui peut être certain d'avance qu'il aura sa conscience pour lui? Qui peut être assuré de ne pas être poursuivi ensuite par le remords tout en ayant pris dans l'instant le parti qui lui semblait le plus juste, le plus courageux et le plus charitable? Ils sont nombreux aussi ceux qui nous ont écrit : *« Je ne me le pardonnerai jamais... »*

« Cher Monsieur,

Puisque l'occasion m'est offerte de parler de l'euthanasie, j'en profite car le sujet me tient à cœur et peut-être cela libérera ma conscience. L'an dernier, nous avons eu ma belle-mère très malade. Depuis trois ans nous savions déjà... pas elle. Elle avait son bout de sein qui rentrait, ne souffrait pas et même n'avait jamais été malade. Nous l'aimions beaucoup, ses deux fils comme ses deux brus. Nous l'avons choyée, profitant de sa gourmandise naturelle et puis, un beau jour, le mal a rapidement fait des progrès; le sein avait entièrement disparu, il y avait plaie, l'état général devenait de plus en plus mauvais. Elle espérait en les piqûres, croyant ce qu'avait dit le chirurgien : un ulcère infecté.

Elle était de plus en plus mal. Le docteur, au cours d'une visite, nous a réunis dans la salle à manger; il a donc fallu fermer la porte. Qu'a-t-elle pensé?

Il nous a demandé de choisir : la prolonger de 8-10-30 jours à peine et la voir souffrir terriblement, ou lui faire d'autres piqûres. Je n'ose pas vous en dire plus! Nous nous sommes regardés, car le docteur avait dit : " S'il s'était agi de ma mère je n'aurais pas hésité. " Puis nous avons opté pour cette solution. Le docteur est allé lui-même trouver sa malade pour lui parler de ces piqûres qui allaient la soulager... Les minutes à ce moment-là nous ont paru des siècles car nous avons appréhendé la première piqûre. Elle a eu lieu le lendemain matin; la religieuse ne voulait même pas la faire et nous a dit : " Déjà! "

La journée fut à peu près calme; elle ne s'est pas agitée, n'a pas mangé, elle ne prenait plus, la pauvre, que des glaces que je lui confectionnais; puis, vers le soir, elle a perdu connaissance, puis a commencé de râler, et alors nous sommes tous restés là et, toute la nuit, nous avons entendu ce râle abominable que j'entendrai le reste de mes jours. Puis, à 7 heures du matin, elle s'est éteinte. Et voilà, c'est tout! C'est tristement vrai, hélas!

Avons-nous eu raison?

A-t-elle deviné ce que nous faisions, incapable qu'elle était, la chère Mémé, de se défendre?

Je pense que, égoïstement, je souffre plus aujourd'hui de ce qu'elle a pu penser de nous qui l'aimions tant, si elle a deviné!

Oh! cette aiguille meurtrière qui rentre dans la peau!... »

Cette aiguille, ce n'est pas seulement celle de la seringue « euthanasiante » : c'est le symbole même du remords. Ils ne sont pas rares ceux de nos correspondants qui confessent qu'après des années le remords vient les aiguillonner brusquement en pleine nuit et les tient éveillés pendant de longues heures. L'acte qu'ils ont accompli après un débat douloureux, mais en toute conscience, leur conscience profonde, permanente ne réussit pas à le « digérer ». Ils ne se pardonnent pas d'avoir agi, même si dans l'instant l'action leur a paru plus charitable, plus généreuse que la passivité.

Paul Valéry résumait toute la morale dans cette formule concentrée : « Agis, si tu pourras supporter les conséquences de ton acte. » C'est que plus l'acte est grave, plus l'action est difficile. Elle devient même impossible dans certains cas. Un prêtre nous a rapporté l'histoire suivante :

« Un de mes amis chirurgien soignait une femme d'une quarantaine d'années. Cancer généralisé et souffrances extraordinaires que n'arrivaient qu'à grand-peine à combattre les calmants administrés à dose massive.

Le fils de la malade, dix-huit ans, demande un jour au docteur : " Ma mère peut-elle guérir? – Certainement pas, répond le praticien... – Alors, docteur, faites-lui une piqûre pour abréger son mal. – Impossible, c'est interdit. – C'est moi qui vous le demande... – !!! – Je vous signerai une décharge, docteur. – Je n'ai pas le droit!... "

Et le chirurgien, devant la pression du jeune homme, lui dit enfin : " Tout ce que je peux faire, c'est vous préparer la piqûre; vous la ferez vous-même! – D'accord ", répond le fils.

Le docteur me dit : Je suis sorti; et, comme on ne sait jamais, j'ai préparé une piqûre d'eau distillée. Je suis rentré dans la chambre, ai donné la seringue au jeune homme en lui disant : " Voilà, vous pincez la peau de la cuisse, comme ceci, vous enfilez l'aiguille et poussez le bouton. Ce sera instantané. Vous n'aurez pas retiré la seringue que ce sera fini. "

Et le fils prit donc la seringue, hésita, puis brusquement la rendit au docteur en sanglotant : " Je ne peux pas tuer ma mère! – Moi non plus, répondit le chirurgien. " »

Ainsi, c'est celui-là même qui avait réclamé l'arme – et qui ne savait pas qu'elle était inoffensive – qui s'est trouvé incapable de s'en servir, son instinct reculant devant la solution décidée par sa raison! A quoi correspond-il cet instinct? Sans doute à l'appréhension du jour, plus ou moins lointain, où il faudra rendre des comptes à sa propre conscience.

A sa propre conscience et, pour les croyants, à Dieu! Car cette absolution que bien des individus ne réussissent pas à s'accorder à eux-mêmes, les prêtres non plus – et quelles que soient les circonstances – ne l'accordent pas facilement, aggravant encore la terrible crise morale. Pour sa part, Mme P..., qui nous écrit du Puy-de-Dôme, a cru devenir folle :

« Maman était pour moi une amie, une maman, un dieu. Elle a eu un primaire du sein. Opération par un maître, opération très, très large.

Puis, après une rémission de quatre ans – secondaire du foie.

Ai-je besoin de vous décrire les souffrances des cancéreux? Si oui, eh bien lisez Demain, il sera trop tard, *de Cesbron. Je trouve que c'est un livre impossible à lire si l'on a soi-même vécu cela. Maman de toute sa vie ne s'était jamais plainte, elle souffrait sans un murmure. Connaissait-elle son mal? Dieu seul le sait. Une fois le mal installé, il a empiré de jour en jour et ma petite maman, jusqu'aux derniers moments, dans son lit, a voulu travailler. (Haricots à effiler, son dernier travail.) A la fin, le médecin m'a laissé de la morphine, en me faisant comprendre qu'il me couvrirait...*

Je ne pouvais pas laisser souffrir maman de façon aussi affreuse, il fallait faire quelque chose... les ampoules étaient là... cela a duré toute une journée, toute une nuit; le docteur est revenu, il m'a dit que cela pourrait encore durer un ou deux jours.

Pouvais-je la laisser ainsi? Non.

Au lieu d'une ampoule... cela est trop dur. C'est la première fois que ces mots sont écrits. Mon père ne l'a jamais su. Il n'aurait pas compris. Il ne comprendrait pas. Il ne me pardonnerait pas.

Lorsque je suis revenue de sa chambre, ma bonne, me voyant absolument décomposée, me servit un verre à vin plein de cognac. Je n'en bois jamais. J'ai tout avalé d'un seul coup. Ensuite... Maman ne souffrait plus – mais moi! Pendant un an, j'ai cru devenir folle ayant demandé l'absolution à un prêtre qui me l'a refusée! – Puis j'ai heureusement rencontré un saint homme, archiprêtre, ancien aumônier dans une prison. Il m'a libérée. Je sais, moi, que Maman m'a pardonné, que Dieu m'a pardonné.

Si cela devait m'arriver à moi, je voudrais que mon fils ou ma fille aient le courage de faire ce que j'ai fait.

On achève un chien blessé, un animal quel qu'il soit. Trouvez-vous humain de laisser souffrir un être humain? »

Que devons-nous conclure? Puisque l'immense majorité des lettres que nous avons reçues et des témoins que nous avons vus nous on dit que le problème de l'euthanasie – pour celui qui le vivait dans son exigence inhumaine – était finalement un problème de conscience *personnelle,* faut-il répondre à la question qu'il pose par la sentence de Valéry et affirmer que tout dépend de la faculté de chacun à supporter les conséquences de son acte?

Mais, d'abord, comment savoir, lorsqu'on est pris dans le drame, comment votre conscience se comportera plus tard? Mme P... a cru devenir folle, nous dit-elle. Folle de remords; folle parce que le prêtre et sa propre conscience lui refusaient l'absolution pour un acte que sa raison a toujours jugé humain et continue aujourd'hui à juger humain!...

Et puis, si le critère suprême c'est le remords, l'existence ou l'absence de remords une fois l'acte accompli, il suffirait d'être cynique, amoral pour avoir droit de vie et de mort sur tous ceux qui vous entourent? A l'inverse, le fait que certains êtres éprouvent du remords *de ne pas avoir accompli* l'acte euthanasique sanctifierait cet acte, ferait de lui le bien et du refus d'agir le mal?

Et pourtant notre enquête nous a bien apporté la preuve que, plus d'une fois, c'était le refus d'agir qui avait laissé dans la conscience des malheureux héros involontaires du drame les remords les plus lancinants.

Mme V..., de Rennes, nous avait écrit :

« J'ai perdu mon mari le 7 avril dernier, après deux ans et demi de terribles souffrances; je ne fais pas encore état des souffrances des précédentes années qui l'avaient amené à cette opération (arthrodèse de la hanche gauche). Les premiers six mois qui suivirent, six mois de plâtre, furent nos dernières semaines de foi et d'espoir. Dès que mon mari fut libéré de ce plâtre, des douleurs de plus en plus intolérables se firent sentir au fur et à mesure qu'il réapprenait à marcher; médecin et chirurgien qui l'avaient opéré n'admirent jamais celles-ci. Je fis tout ce qui était en mon pouvoir pour connaître les raisons de ces souffrances, appels aux spécialistes, voyages à Paris dans différents hôpitaux; je finis par apprendre qu'un centre nerveux était touché et qu'il y avait eu perforation de l'os iliaque par le clou de l'arthrodèse au moment de l'opération, d'où abcès et infection du bassin. Mon mari subit alors trois autres opérations qui n'apportèrent aucun soulagement; il ne durait qu'avec des doses de plus en plus fortes de calmants, c'était un véritable martyre.

Mon mari, journellement, me demandait d'en finir, de ne plus le laisser souffrir ainsi; nous eûmes des discussions atroces finissant dans les larmes, car lui avait toujours admis l'euthanasie. Combien de fois, après la projection du film Nous sommes tous des assassins, *avions-nous discuté de cela, sans penser qu'un jour il nous arriverait de vivre ce drame. Seule la pensée de mes fils et petits-enfants m'a donné le courage de ne pas lui céder. Je dis " courage " et me demande maintenant si ce n'était pas égoïsme de ma part. Moi qui ne souffrais pas physiquement avais toujours l'espoir que l'on trouverait un remède à ses souffrances; je le raisonnais; mais lui, diminué physiquement, crucifié dans sa chair, vivait dans la terreur de se voir devenir grabataire et de continuer, combien d'années encore, à souffrir sans espoir. " Finissons-en, tu seras plus heureuse sans moi, si tu m'aimes donne-moi cette mort comme preuve d'amour... ", c'était chaque jour ce que j'entendais. Je restais désemparée, déses-*

pérée de voir que plus rien ne comptait que cette mort qu'il appelait à grands cris; nos trente-quatre ans de vie commune, nos joies, nos peines, nos fils, nos petits-enfants, notre amour qui n'avait jamais été aussi grand que dans la souffrance, plus rien ne comptait pour lui que la mort. Cette mort que je n'ai pas voulu lui donner, il se l'est donnée pendant une courte absence de ma part. J'étais partie voir mes petits-enfants, je ne l'ai plus retrouvé vivant; quel drame, quelle détresse a dû être la sienne, pour en arriver à quitter tout sciemment, pour se donner seul cette mort qu'il souhaitait recevoir de ma main! Oui, il faut avoir vécu de tels drames près de grands malades irrémédiablement perdus pour comprendre toute la détresse de deux êtres qui s'aiment et que la souffrance pousse à commettre un acte que la société condamne, société qui juge parfois sans comprendre réellement, car pour cela il faut en avoir fait soi-même l'atroce expérience. Avoir passé des nuits sans sommeil, avoir connu l'angoisse des aubes blanchissantes amenant, avec le jour, la terreur d'une journée à vivre dans la souffrance; avoir connu, guetté les réveils de son malade au sortir des anesthésies des opérations faites avec tant d'espoir d'amélioration et chaque fois plus décevantes. Oui, pour comprendre que donner la mort à un être qui souffre sans espoir de guérison est peut-être la seule solution — mais alors que la médecine prenne ses responsabilités et ne laisse pas commettre par celui qui aime le plus son malade ce geste épouvantable...

Le remède est difficile à trouver à l'euthanasie. Nul n'a le droit d'abréger la vie d'un autre, et pourtant la souffrance continuelle est inhumaine. Il y a quelque chose de monstrueux à laisser vivre un être pour qui rien ne compte plus, ni la foi ni l'amour de ceux qui l'entourent, plus rien que la mort qu'il désire.

Si j'avais à juger un cas d'euthanasie, j'acquitterais, car la croix devient aussi lourde à porter pour celui qui donne la mort que pour celui qui n'a pas su la donner. Je vis maintenant avec le remords de ne pas l'avoir écouté, j'aurais sans doute recueilli un dernier et reconnaissant sourire alors que je n'ai retrouvé et conservé que le souvenir d'un visage à jamais fermé et que je n'ai sans doute pas assez compris. »

Il n'est de jour désormais que Mme V... ne revoie l'horrible scène que sa lettre ne racontait pas mais qu'elle-même a décrite en pleurant quand nous sommes allés la voir : le retour après deux heures d'absence inquiète, l'appartement vide, l'idée de monter au grenier et la découverte macabre du corps de son mari pendu à une poutre.

« Comment pourrai-je désormais oublier cette vision? demande Mme V... dans un murmure. *Comment pourrai-je oublier ce geste que j'ai eu de couper la corde, oublier ce corps sans vie que j'ai reçu dans les bras? La seule vue d'une ficelle et d'une paire de ciseaux me laisse aujourd'hui tremblante et bouleversée... Je ne sais plus, je ne saurai jamais, si ce n'est pas moi qui, en refusant de lui donner la mort, l'ai conduit à cette fin encore plus horrible...* »

Mme V... nous raccompagne jusqu'à la porte. Avec son mélange d'extrême dignité et de grand désarroi, elle est l'image vivante du désespoir. Sa vie, de toute évidence, ne sera plus occupée que par une méditation pathétique sur le thème de l'euthanasie. *« Croyez-vous que les docteurs puissent laisser faire des choses comme celle-là? »*, nous demande-t-elle avec angoisse au moment où la porte va se refermer.

Les médecins sont en effet, par définition, plongés au cœur du drame, eux dont le métier est de lutter contre la maladie et la mort, eux dont les malades et leurs familles n'attendent pas seulement des soins mais aussi des conseils et un réconfort. Eux non plus, en général, n'ont pas une solution toute faite au problème de l'euthanasie. Pour eux aussi elle pose un grave cas de conscience et c'est en hommes autant qu'en médecins qu'ils nous ont écrit très nombreux. De leurs témoignages, la lumière allait-elle enfin jaillir?

10

Le serment d'Hippocrate

Nous avons reçu des centaines de lettres de médecins. De quoi constituer un dossier complet sur l'euthanasie, avec ses partisans déclarés, ses adversaires acharnés et toutes les nuances intermédiaires. De quoi écrire un livre entier sur « Euthanasie et Médecine ». Nous n'écrirons qu'un chapitre, mais il sera important. Comment ne pas tenir pour essentielles les dépositions de ces témoins privilégiés qui côtoient la mort chaque jour et sont généralement considérés comme les gardiens, comme les défenseurs mêmes, de ce bien sacré qu'est la vie humaine?

Eux-mêmes assument ce rôle et l'ont assumé depuis la plus haute Antiquité. C'est à vingt-cinq siècles, au médecin grec Hippocrate, que remonte le serment qu'ils prêtent tous et qui dit : *« Je ne donnerai pas, quiconque m'en prierait, une drogue homicide, ni ne prendrai l'initiative d'une telle suggestion. »*

On a voulu voir dans ces termes une condamnation formelle de l'euthanasie, condamnation qui serait bien étonnante à l'époque où le père de la médecine exerçait. En réalité, la formule fait surtout allusion à l'empoisonnement des condamnés à mort qui était devenu une tradition du temps d'Hippocrate. Elle tend aussi à défendre la dignité du médecin en ne faisant pas de lui simplement une sorte de recéleur, un homme que son emploi met en possession de denrées précieuses et qui en profite pour les vendre fort cher.

« Hippocrate dit oui, mais Galien dit non », affirme le proverbe. Galien, en effet, le plus fidèle disciple d'Hippocrate, n'hésite pas à ériger en principe que *« l'opportunité est l'âme de la médecine »;* c'est-à-dire qu'au-delà de toutes les règles préfabriquées, c'est à la conscience du médecin de décider en toutes circonstances de la conduite à tenir. Pline, quant à lui, parlait de *« ces redoutables médecins, les seuls hommes qui puissent impunément commettre un meurtre »,* ce qui laisse supposer que de ce pouvoir les médecins de l'époque usaient souvent et abusaient parfois. Et c'est Hippocrate lui-même qui recommande, dans son fameux « Serment » : *« Dans toute maison où je viendrai, j'y entrerai pour le bien des malades, me tenant loin de tout tort volontaire. »* Finalement donc, c'est au médecin et au médecin seul qu'il appartient de juger du « bien » du malade et le serment d'Hippocrate ne saurait lui tenir lieu de conscience.

En réalité, c'est avec la morale chrétienne que s'est imposé ce respect absolu de la personne humaine qui caractérise notre civilisation. Jamais auparavant la personnalité du malade, de l'infirme de corps ou d'esprit, de l'agonisant n'était considérée comme sacrée au même titre que celle d'un homme sain. Platon exprime parfaitement la conception qui fut, dans l'ensemble, celle de toute l'Antiquité, lorsqu'il écrit, dans le livre III de la *République : « Chaque citoyen a un devoir à remplir dans tout État bien policé; personne n'a le loisir de passer sa vie dans les maladies et dans les remèdes. Tu établiras, ô Glaukon, dans l'État une discipline et une jurisprudence telles que nous l'entendons, se bornant à donner des soins aux citoyens qui seront bien constitués de corps et d'âme. Quant à ceux qui ne sont sains de corps, on les laissera mourir... »*

Si un tel texte, dans sa limpidité, nous donne le frisson, c'est que nous avons été habitués à respecter la dignité humaine jusque dans les représentants les plus misérables et même les plus tarés de l'humanité. Mais les hommes d'autrefois auraient sans doute taxé de sensiblerie cette sensibilité moderne, eux qui, Hindous, précipitaient avec de grandes cérémonies leurs incurables dans le Gange, Germains, enterraient vivants leurs malades chroniques, Sardes, tuaient les vieillards à coups de massue, Bretons, assommaient à l'aide d'un « marteau bénit » ceux qui étaient décrétés inaptes à vivre! Ne parlons pas des Spartiates, ces ancêtres des nazis...

Dans notre société même, cependant, quelques esprits, et non des moindres, se sont faits à travers les siècles les champions de l'euthanasie. C'est l'Anglais Thomas More qui publie, en 1516, son célèbre essai *Utopia* où il affirme : *« Si la maladie est non seulement incurable mais pleine de douleurs aiguës et d'angoisses continuelles, les prêtres et les magistrats doivent être les premiers à exhorter les malheureux à se décider à la mort. Ils leur montrent comment, n'étant plus utiles en ce monde, ils ont tort de prolonger une vie pestilentielle et douloureuse qui les met à charge à eux-mêmes et les rend insupportables aux autres. »*

Notons, sans nous appesantir que, par une certaine ironie du sort, ce même Thomas More fut canonisé en 1935 – à d'autres titres, sans doute...

C'est un autre grand chancelier d'Angleterre, Francis Bacon, qui, au siècle suivant, reprend en des termes plus humains, au nom de la souffrance du malade et non plus de son utilité sociale, l'idée de Thomas More et crée le terme d' « euthanasie », douce mort. *« J'estime,* dit-il, *que c'est la fonction du médecin de rendre la santé et d'adoucir les peines et les douleurs, et non seulement lorsque cet adoucissement peut conduire à la guérison, mais lorsqu'il peut servir à procurer une mort calme et facile. »*

Ainsi Francis Bacon confie-t-il aux médecins la terrible responsabilité que Thomas More pour sa part déléguait aux prêtres et aux magistrats. Les temps modernes ne feront que confirmer, en l'accusant, ce rôle éminent de l'homme en blanc, ce « soldat de la vie » qui part au combat à l'heure et à l'endroit choisis par la Mort, l'ennemi implacable, ce « médecin des corps » qui ne peut manquer d'être aussi un peu « médecin des âmes » chaque fois qu'à propos de la maladie se pose un cas de conscience – y compris le plus grave : celui de l'euthanasie.

Qui ne se souvient des détails de la mort de Mirabeau racontés par celui-là même que certains peuvent considérer comme son assassin, le grand médecin Georges Cabanis? Mirabeau ayant totalement perdu l'usage de la parole se fit donner par gestes une plume et du papier et écrivit à l'intention de son médecin : *« Dormir. »* Cabanis feignant de ne pas comprendre, il ajoute : *« Tant qu'on a pu croire que l'opium fixerait l'humeur, on a bien fait de ne pas le donner, mais maintenant qu'il n'y a plus de ressource que dans un phénomène inconnu, pourquoi ne pas tenter ce phénomène? et peut-on laisser mourir son ami sur la route pendant plusieurs jours? »* Déchiré entre l'amitié et la conscience professionnelle, Cabanis refusa de répondre à cette prière. C'est une troisième demande, pathétique, qui eut raison de sa résistance : *« N'étiez-vous pas mon médecin, mon ami? Ne m'aviez-vous pas promis de m'épargner les douleurs d'une pareille mort? Voulez-vous que j'emporte le regret de vous avoir donné ma confiance? »*

Et Cabanis, en administrant l'opium, se fit meurtrier par amitié, meurtrier au nom de ce lien particulier, individuel qui l'attachait à cet homme, son ami, et qui comptait plus, finalement, que les principes et les serments.

Qui ne se souvient aussi de Bonaparte, à Jaffa, visitant les pestiférés et, sous l'empire de l'émotion, ordonnant à Desgenettes d'empoisonner ces malheureux pour mettre fin à leur martyre? Certains médecins rappellent fièrement la réponse de leur confrère militaire : « Mon général, mon devoir n'est point de tuer, mais de conserver. » D'autres médecins se demandent s'il convient d'être fier d'une formule simplifiant de façon aussi rigoureuse le devoir d'assistance humaine des médecins.

Et le XXe siècle? Il n'a pas, semble-t-il, résolu le dilemme. Les deux partis continuent à se regarder en chiens de faïence, même s'ils affirment comprendre parfaitement et même admirer l'attitude de l'adversaire.

Charles Nicolle écrit que *« le rôle du praticien reste de préserver et non d'éteindre la flamme de la vie. Si, dans certaines circonstances, ensevelies dans le secret de leur conscience, des médecins ont pu céder aux objurgations des malades, c'est que leur sensibilité d'homme a dominé le devoir professionnel. On peut les en admirer. On ne saurait les approuver : ils ont été, à la fois, des héros et des traîtres, et, au point de vue religieux de mauvais chrétiens »*. Le docteur Lavalée ne semble-t-il pas lui répondre point par point lorsqu'il écrit : *« Je me demande s'il faut admirer ou plaindre ceux qui au nom d'une conception métaphysique, ont le cruel courage d'être inexorables, d'abandonner un semblable à son sort. »*.

De la même façon, deux autres illustres médecins, Alexis Carrel et Georges Duhamel, semblent dialoguer dans leurs écrits comme si chacun cherchait à persuader l'autre. Alexis Carrel, pourtant grand croyant, n'hésite pas à signer ces lignes : *« Ceux qui ont tué, qui ont volé à main armée, qui ont enlevé des enfants, qui ont dépouillé les pauvres, qui ont gravement trompé la confiance du public, un établissement euthanasique pourvu de gaz appropriés permettrait d'en disposer de façon humaine et économique. Le même traitement ne serait-il pas applicable aux fous qui ont commis des actes criminels? Il ne faut pas hésiter à ordonner la société moderne par rapport à l'individu sain – les systèmes philosophiques et les préjugés sentimentaux doivent disparaître devant cette nécessité. Après tout, c'est le développement de la personnalité humaine qui est le but suprême de la civilisation. »* (*L'Homme, cet inconnu,* p. 388.)

La même année, parlant du « Médecin devant l'État totalitaire », Georges Duhamel et Jacques Maritain expriment la crainte que la médecine ne se trouvât *« bientôt chargée d'améliorer la race, d'éliminer les incapables et de fournir à la production une force de travail sans déchets. Dans cette conception, la Santé nationale importe seule et, pour l'assurer, il n'est pas de sacrifices qu'on ne se croie le droit d'imposer à l'individu, y compris celui de son intégrité physique et morale. La médecine devenant ainsi une fonction publique au service de la Race et non plus des personnes, il s'ensuit que le médecin devient normalement un fonctionnaire aux ordres de l'État.* »

Il était inévitable que le courrier que nous avons reçu de la part des médecins témoignât des mêmes incertitudes, des mêmes contradictions devant une responsabilité que leur fonction les amène à endosser souvent et qui se présente chaque fois sous un visage un peu différent. Comment les cinquante mille médecins français parleraient-ils d'une seule voix? Au fond, ce que nous avons cherché, dans ce courrier, ce n'est pas tant la réponse à la question : « Que pensent les médecins de l'euthanasie? » Il allait de soi que certains lui étaient favorables, d'autres hostiles et que tout tournait autour d'une conception métaphysique personnelle plus que d'une définition dogmatique des devoirs du médecin. La question qui nous passionnait était celle-ci : « Comment les médecins se comportent-ils dans l'exercice quotidien de leur métier devant les tentations d'euthanasie? » Il nous semblait que de l'examen de ces cas concrets se dégagerait peu à peu une éthique pratique infiniment plus significative que tous les propos moralisateurs.

Un vieux médecin parisien, connu et respecté, nous a écrit :

« *Voici l'opinion d'un vieux médecin dont l'âge et l'inaction forcée permettent le songe prôné par le bonhomme des fables et qui se croit la conscience tranquille pour avoir pratiqué l'euthanasie et parfois regretté de ne pas y avoir davantage eu recours.*

A l'appui de cette opinion, trois exemples.

Septembre 1914, au cours de la retraite de la Marne. Un artilleur blessé dans les environs immédiats est amené sur un brancard, sans pansement, sous une toile de tente. C'est un pourvoyeur de 75. Entre ses jambes écartées percute un obus allemand. Les deux membres inférieurs sont déchiquetés; par le périnée ouvert, amputé de ses parties sexuelles, une plaie béante d'où émergent des lambeaux de foie et de rate. Par miracle, l'homme conserve encore un certain souffle de vie mais son regard traduit une telle épouvante qu'une généreuse dose de morphine le plonge dans le néant, cependant qu'un aumônier dispense l'absolution.

Plus tard, dans la Somme, un gardien de parc de munitions incendié par l'ennemi tombe au milieu des explosions. Œdème effrayant de tout le corps soufflé par rupture de l'équilibre gazeux du sang. Pas de graves blessures apparentes, mais toute la peau est littéralement truffée d'échardes de caisses en bois qui rend l'aspect du blessé plus effroyable. Entre les paupières difficilement écartées, un regard nystagmique, mais vivant et traduisant une angoisse infinie. Impossible de tenter une exsanguino-transfusion encore non conçue. La morphine à haute dose fait entrer le moribond tranquillement dans l'éternité.

Dernier exemple plus topique et plus récent. Un grand malade m'est adressé par avion d'outre-mer où il était reparti malgré mes conseils pressants quant à une grosse infection prostatique. Un spécialiste donne à entendre que l'infection urinaire ne semble pas en cause et se borne à la mise en place d'une sonde à demeure. L'examen direct non plus que l'histoire de la maladie, les différents tests, les consultations d'experts ne donnent la clef de l'énigme. Une large thérapeutique antibiotique ouvre la porte à un mince espoir quand, appelé d'urgence, je décèle une péritonite généralisée. Le chirurgien mandé décline la responsabilité d'une opération sur un moribond et exige le repompage du malade. Ce qui est fait. L'incision de l'abdomen sous faible anesthésie ouvre la porte à un flot de pus et montre un énorme abcès sous-phrénique avec effraction du foie.

Ce malade était perdu. Il vivait pourtant, avec une sonde destinée à l'alimentation liquide; chacune de ses veines, aux bras, aux jambes, portait un tube destiné aux diverses perfusions; de gros drains ventraux étaient soumis à l'aspiration électrique continue. Sondes rectale et vésicale. Escarre fessière menaçante.

Avec une conscience qu'il faut reconnaître, mais sûrement inutile, on a fait vivre ce malade conscient pendant une semaine en équilibrant par voie sanguine les ingesta *et les* excreta.

L'analyse du sang ayant relevé un taux d'urée incompatible avec la survie, je me suis rebellé contre l'expérience inutile du rein artificiel pour imposer de larges doses d'hypnotiques qui ont hâté la mort, mais permis une fin sans souffrance physique et sans la souffrance morale d'une lucidité en partie conservée.

Détail minime, mais qui a son importance, cette vaine prolongation de la vie végétative a coûté une petite fortune à la famille.

En conclusion, j'estime que, dans des conditions bien déterminées dont, bien sûr, les contours restent estompés, et déterminés par le JUGEMENT PERSONNEL, le médecin a le droit, sinon le devoir, après avoir dosé à leur juste mesure les sollicitations du malade et non celles de son entourage, d'intervenir en toute conscience, pour hâter une FIN CERTAINE ET IMMINENTE par les moyens de thérapeutiques diverses de médications quelque peu forcées qui apportent avec elles la certitude d'un apaisement final pour le malade et la peine de ses proches. »

Même son de cloche chez le docteur Ch..., qui exerce dans la banlieue parisienne et qui met en outre en évidence certaines contradictions de notre société qui accorde le

« coup de grâce » aux traîtres et le refuse aux honnêtes gens :

« J'ai vécu, en 1917, une étrange aventure. Je revenais à l'arrière, avec mon régiment, qui avait subi de lourdes pertes sur le front.

Un village de l'arrière devait être notre centre de repos.

En entrant dans le patelin, une femme se précipite vers moi, ayant repéré le velours grenat et le caducée que je portais, comme médecin auxiliaire.

" Monsieur le major, me dit-elle, voulez-vous venir tuer mon fils? "

Assez interloqué par cette demande insolite, et pensant qu'elle était folle, je la suivis, les médecins militaires assurant les soins des civils dans la zone des armées.

J'entrai dans une pauvre maison. Là, sur un grabat, gisait, gémissant, un adolescent d'une quinzaine d'années.

Rongé par une tuberculose généralisée, le moribond, aux yeux déjà vitreux, présentait l'ultime stade de la cachexie tuberculeuse.

TOUTES les articulations ouvertes et suppurantes. Des ulcères sanieux avaient, sur les parois thoraciques, des deux côtés, ouvert de larges plaies. A travers la cage thoracique, du côté droit, on pouvait voir, entre les débris du poumon, l'oreiller plein de pus. A gauche, un ulcère large et béant laissait à nu le cœur qui battait encore.

Le grabataire avait peut-être encore quelques heures à vivre.

Je compris le martyre moral de cette mère qui n'avait pas le courage de tuer, d'achever son fils.

Je pris ma trousse.

Et, dans la paroi du cœur à nu, à travers la brèche du thorax, j'injectai une ampoule de morphine.

Deux secondes après, le moribond était mort.

J'avais souvent pratiqué l'euthanasie, au front, sur les chevaux blessés, d'une balle dans la tête, par charité.

Ce fut cette même charité qui me fit écourter cette agonie.

Quand son fils cessa de vivre, la mère, heureuse, prit ma main et la baisa.

Je n'ai eu aucun remords de mon acte, cependant illégal.

D'ailleurs l'euthanasie est prévue par les règlements. Elle est même obligatoire.

Mais les honnêtes gens n'ont pas le droit d'en bénéficier. La loi ne la prévoit pas pour eux.

Expliquons-nous.

Dans ce qui est prévu par le code de justice militaire, lorsqu'on fusille quelqu'un (de préférence dans les fossés de Vincennes), le peloton de douze hommes chargés de l'exécution sous la conduite d'un sous-officier perçoit, pour la cérémonie, un lot de douze fusils.

Sur ces douze fusils, onze sont chargés à balle. Le douzième est chargé à blanc. De cela, les douze hommes sont informés.

Au petit bonheur la chance, chacun des tireurs (qui n'a pas le droit de vérifier le chargement de son arme) peut croire qu'il possède celui chargé à blanc. L'expression " douze balles dans la peau " est fausse. C'est " onze balles " qui est exact.

Donc, cérémonial officiel. Le traître, les yeux bandés (sauf s'il le refuse, c'est également prévu), est attaché au poteau, de face ou de dos. Le sous-officier commande le feu. La salve envoie ses projectiles, au but ou à côté, suivant la nervosité ou l'émotion des tireurs.

C'est alors que le deuxième rite prévu par la loi intervient.

Le condamné peut ne pas être mortellement touché.

Le sous-officier s'avance alors, avec le revolver dont il est armé, pour lui donner, dans la tête, LE COUP DE GRÂCE.

C'est ainsi que le condamné bénéficie de l'euthanasie légale, par ce coup de grâce qui abrège son agonie.

Mais, pour bénéficier de cette faveur, il faut être un traître, c'est-à-dire le dernier des salauds.

Un pauvre cancéreux, souffrant le martyre, N'A PAS LE DROIT D'ÊTRE ACHEVÉ.

Il faut qu'il expie dans une atroce agonie les fautes qu'il n'a pas commises!»

Ainsi, certains médecins pratiquent l'euthanasie et, sans s'en faire une gloire, refusent de considérer comme infamant un acte cependant condamné par la loi, par la religion et par leur code professionnel! Ils se sentent assez forts, assez sûrs d'eux-mêmes pour assumer la responsabilité devant leur propre conscience de mettre fin par charité au martyre de certains agonisants.

Ils sont, dans l'ensemble, assez peu nombreux. Ce dont témoignent la plupart des lettres que nous avons eues entre les mains, ce que nous ont manifesté la plupart des médecins que nous avons consultés, c'est un certain embarras. Un embarras qui était fait, certes, de pudeur et de discrétion, mais qui tenait surtout à la gravité et à la nature même du problème. Si l'euthanasie représente pour n'importe qui l'un des plus douloureux cas de conscience que l'on puisse avoir à affronter, comment ne représenterait-elle pas pour le médecin le dilemme le plus effroyable, le cas de conscience par excellence? Comment, presque quotidiennement, le praticien ne se trouverait-il pas écartelé entre ces deux sentiments contradictoires que sont l'amour inconditionnel de la vie et l'horreur de la souffrance? Dans le débat qui s'institue chez le médecin entre le prêtre de la vie qu'il veut être et l'homme charitable qu'il est souvent, ce sont parfois les arguments de l'homme qui l'emportent sur ceux du médecin. Mais cela ne va pas sans drame, sans déchirement de conscience. Notre enquête nous aura prouvé — si cela était nécessaire — à quel point les médecins sentent peser lourd sur leurs épaules l'effrayante responsabilité qui est la leur, à quel point ils essaient de s'en montrer dignes.

Écoutez, par exemple, l'émouvant souvenir d'enfance que raconte, dans la longue lettre qu'elle nous a adressée, Mme Allain, de Sartrouville :

« J'avais dix ans. Mon père, qui était médecin, entra dans la salle à manger sans me voir. Il avait l'air soucieux, préoccupé, anxieux même. « Qu'y a-t-il? » demanda ma mère, qui se chauffait au coin du feu de bois flambant dans la cheminée. D'habitude, notre père ne parlait pas de ses malades et, en tout cas, jamais devant les enfants... Il n'était donc pas comme les autres jours, avec ses traits tirés et son air inquiet. Je l'entendis avec surprise demander à ma mère ce qu'elle ferait dans le cas suivant : Une pauvre cancéreuse souffrait le martyre. Une affreuse plaie la rongeait. Plusieurs médecins l'avaient abandonnée. Mon père essayait de la soulager, plutôt que de la guérir. Entre autres choses, il lui prescrivait de la morphine à très petite dose. La fille de cette malheureuse venait, avec des accents déchirants, de supplier mon père d'augmenter les doses de morphine, afin d'abréger les souffrances de sa mère, qu'elle adorait. " Comprends bien, Cécile, disait mon père, sa fille l'adore; elle n'attend aucun bien matériel de sa mort; au contraire, elle va se sentir désemparée, brisée par la disparition de cette pauvre condamnée qu'elle soigne maintenant comme son enfant. C'est par pure tendresse désintéressée qu'elle m'a supplié aujourd'hui... Mais, moi, je ne peux pas me résoudre à cette extrémité... Tout mon idéal de médecin est de " guérir ", de préserver ce qui reste de vie dans tout être souffrant, de le soulager, certes, mais, jamais, de décider de sa mort; au contraire : je dois lutter jusqu'au bout, contre la mort. Et, cependant,... un tel, ... un tel ... la croient perdue, et moi-même je ne crois pas qu'il soit possible de la sauver... Que faire? Elle aussi, la pauvre victime, m'a supplié, en cachette de sa fille!... elle appelle la mort comme une délivrance, n'ayant qu'une peine : laisser seule celle qui n'a plus qu'elle au monde à aimer..."

Un long silence suivit ces quelques phrases qui nous avaient suffi, à maman et à moi, pour partager l'angoisse de mon père. Enfin, ma mère se leva et, allant jusqu'à mon père, elle mit sa tête sur son épaule et, fermement, unit sa prière à celles des deux pauvres affligées que nous ne connaissions pas : " Je t'en prie, mon chéri, je t'en supplie, ne la laisse plus souffrir. Puisque tu as le pouvoir d'arrêter ses souffrances et que la science ne peut plus autre chose pour elle... "

Je ne savais que penser. Ma petite tête bourdonnait tout entière et je m'enfuis au jardin... Alors, je vis mon père passer devant moi, toujours sans paraître me voir et se diriger à pas pesants vers le petit bois qui limitait notre propriété. Jamais je ne l'avais vu marcher ainsi lourdement, comme écrasé par un invisible poids. Doucement, je lui emboîtai le pas. Il marcha, marcha longtemps, suivi de sa petite ombre qui pleurait de le voir si troublé, lui que j'avais toujours connu si droit, si fort, si sûr du chemin à prendre...

Enfin, je lui saisis la main. Alors il sursauta, comme éveillé d'un pénible rêve, et me regarda : " Tiens! tu es là, Mimi ", me dit-il tristement. Et tendrement il pressa ma petite main dans la sienne. Tout à coup, il s'arrêta et me prenant les deux mains, il me regarda jusqu'au fond des yeux : " Je sais bien, dit-il, que tu n'es qu'une petite fille et que ces choses te dépassent... et pourtant, qui sait, peut-être es-tu encore plus près de la Vérité que nous autres grandes personnes. Dis-moi, Mimi, que penses-tu? Que ferais-tu à ma place? " Un peu saisie, je restai un moment les yeux rivés aux siens; puis, confiante, je m'enhardis à lui dire ce que j'avais tout de suite pensé en l'écoutant :

" Écoute, papa chéri; moi, je crois que je continuerais comme tu as fait jusqu'ici, sans me laisser intimider par ceux qui ont peur. Je lui donnerais un petit peu de morphine avec ce que tu as dit que tu mettais dedans pour soutenir le cœur, comme avant; juste pour qu'elle n'ait pas trop mal, mais pas assez pour qu'elle doive mourir... Ainsi, elle resterait encore un petit peu de temps avec sa pauvre fille... Et puis, qui sait? peut-être que tu la guériras!... "

Le visage de mon père était merveilleux à voir. Il semblait tout à coup s'éclairer " par le dedans ". Il me regardait avec une infinie tendresse. Il me souleva de terre, à bout de bras et m'embrassa très doucement. " Tu as raison, ma petite chérie, c'est tout à fait ce que je dois faire. J'en étais déjà sûr, mais, à présent, j'en suis certain. "

La pauvre malade n'a sans doute pas guéri. Mais deux ans après, lorsque nous quittâmes le pays, elle était encore sur terre et sa plaie était presque refermée. »

Cet homme marchant à travers la campagne, le pas lourd, le dos voûté, suivi d'une petite fille dont l'innocence l'aidera à prendre la décision la plus humaine, ce n'est pas seulement une image pour *la Veillée des chaumières*. C'est aussi le symbole même de la condition médicale. Car, qu'il le veuille ou non, le médecin n'est pas seulement un savant, un spécialiste qui pratique mieux que d'autres l'art de guérir. C'est aussi un homme, un homme qui doute, un homme en proie au trouble. Ce trouble que manifestent parfois les médecins, certains malades veulent y voir de la faiblesse. Qu'est-il d'autre, pourtant, qu'une crainte d'agir trop vite, irrémédiablement, et de nuire au malade en ayant l'intention de le servir? Qu'on y réfléchisse bien : y a-t-il plus sûr garant pour les patients et pour leur famille que ce désarroi bien humain qui prouve la haute conscience et le désir de bien faire? Il signifie, ce trouble, la certitude que le médecin à qui votre santé, votre vie sont confiées est digne de cette confiance, qu'il participe à vos craintes et à vos espoirs, qu'il vit avec autant d'intensité que vous votre drame physique et moral.

Certes, les médecins sont parfois impuissants devant la souffrance mais n'est-ce pas là précisément, quand leur rôle professionnel prend fin, que l'on peut juger de leur valeur humaine? C'est là que commence leur rôle d'ami, de confesseur qui fait, lui aussi, partie du beau métier de médecin, qui le valorise. Quel est celui qui ne remettrait en toute quiétude le destin des êtres qui lui sont chers à cette femme-médecin qui nous écrit d'un petit bourg du Massif central :

« Quand on parle de l'euthanasie, chacun pense immédiatement au cancer. Est-il en effet pire maladie et qui entraîne de plus grandes souffrances? Est-il, je m'excuse de le dire, pire pénitence pour le médecin? Il sait que son malade est incurable. La famille le sait. Seul, généralement, l'intéressé

l'ignore (ou se refuse à envisager cette éventualité). Il souffre; il vous appelle; il a mis toute sa confiance en vous. Vous faites tout ce que vous pouvez, c'est-à-dire si peu de chose. Votre visite lui fait plaisir, vous bavardez et puis, bien entendu, vous essayez de le soulager : d'abord les petits moyens, qui s'avèrent vite insuffisants. Il ne dort plus la nuit; il gémit. La famille dit : " Il se plaint toute la nuit, nous ne pouvons plus dormir. Docteur, il faut faire quelque chose. " " Si cela continue ainsi, dit la fille, à passer une partie de la nuit debout, je vais tomber malade et je serai obligée de mettre ma mère à l'hôpital. " " Je ne peux pas voir mon mari souffrir à ce point, docteur; une piqûre le soir ne suffit plus; peut-on lui en faire une le matin? " On augmente les doses, on les rapproche. On freine la famille qui craint tellement d'entendre gémir que, si l'on n'y prenait garde, la provision de toxiques prescrite pour une semaine durerait trois ou quatre jours. J'ai bien dit : " On freine la famille ", car ce n'est pas tellement le malade qui réclame des calmants. Lui, il pense à sa maladie; rarement il désire sincèrement mourir; il vous parle de son cœur qui ne tiendra pas le coup s'il continue à souffrir et à ne rien manger.

Bien entendu, à ce stade, il n'est plus question de tonicardiaques majeurs, de fortifiants extraordinaires qui auraient pour effet de soutenir un organisme qui a bien du mal à mourir...

Nous prescrivons des stupéfiants qui calment les souffrances, mais intoxiquent le malade et, par là même, raccourcissent son existence. Nous attendons le calmant idéal, non toxique, qui apaisera la douleur sans dégrader les facultés mentales. Cette découverte, que l'on nous a annoncée prématurément, résoudrait, quant à moi, une partie de mes cas de conscience. En attendant, que ce soit légal ou non, j'adoucirai comme je pourrai, le plus honnêtement possible, les souffrances de mes malades, curables ou incurables.

J'ai eu, une fois, l'impression d'avoir fait moi-même l'injection de morphine fatale, la dernière d'une série assez longue, chez un homme jeune dont le cœur résistait jus-

qu'alors aux souffrances terribles d'une leucémie. Croyez-moi, c'est atroce.

Lorsque la mort a enfin libéré celui qui a beaucoup souffert, un sentiment, parfois inconscient, de soulagement s'empare de l'entourage. On va pouvoir dormir, reprendre ses occupations habituelles, penser à autre chose. Moi-même, médecin, qui regrette mes malades et surtout mon impuissance, je me sens parfois soulagée lorsque prend fin cette lutte sans espoir. Voilà le drame : nous sommes tous des égoïstes. C'est pourquoi il ne faudrait pas de vieillards infirmes, pas d'enfants anormaux, pas de malades mentaux, pas de malades qui gémissent. Mises à part certaines exceptions, nous ne nous attendrissons pas tellement sur leur sort, mais sur le nôtre.

Quelle générosité dans cet aveu d'égoïsme! Quelle grandeur dans cette humilité! Et notre doctoresse poursuit :

En résumé, je pratique, comme mes confrères, le plus honnêtement que je le puis, l'euthanasie au sens propre du terme, c'est-à-dire l'adoucissement des souffrances des malades incurables. Je ne la pratique pas comme l'ont pratiquée les Allemands hitlériens dans les asiles de vieillards, les maisons d'enfants anormaux, les asiles d'aliénés. Il s'agit là de mort RAPIDE, de suppression, et non plus de MORT DOUCE... Mais il faudrait des pages et des pages pour traiter le sujet et mettre en lumière tous les aspects du problème... »

Oui, ils sont multiples les aspects du problème. Cette « suppression » dont notre doctoresse fait un crime et qu'elle oppose à la mort douce, la mort par charité, que doit-on en penser lorsqu'elle devient à son tour une mort par charité, une mort qui sauve la vie à d'autres malades? Car il peut arriver qu'un ordre d'urgence s'instaure!

Le jeune couple de médecins qui nous avait invités à lui rendre visite au sujet de notre enquête ne nous avait pas fait connaître sa spécialité. Ils sont anesthésistes, elle et lui, dans un service de réanimation. Tous les deux semblent écrasés par la gravité du choix permanent que leur métier leur impose.

« *Nous soignons des malades en sursis,* expliquent-ils, *des morts-vivants, dont le cœur bat encore mais dont le cerveau ne fonctionne plus. Ils ne respirent que grâce à une machine complexe qui représente une petite fortune et dont l'hôpital ne possède qu'un nombre restreint. En cas d'urgence, une épidémie de poliomyélite par exemple, ces mêmes machines pourront rendre à d'autres malades une guérison presque totale, en tout cas une vie réelle, consciente et pleine. Nous nous trouvons donc devant une question terrible : " Combien de temps devons-nous laisser survivre ces êtres décérébrés, à peine humains, alors qu'ils paralysent un service, bloquent un personnel spécialisé et confisquent un appareillage qui pourrait sauver d'autres vies humaines? "*

La doctoresse V... soupire. *Il suffit d'un tout petit geste,* dit-elle, *mais rien ne peut faire que ce geste ne soit meurtrier. Et rien, ni dans notre éducation ni dans nos études, ne nous a préparés à donner la mort. Pour nous, réanimer c'était uniquement rendre la vie à ceux qui étaient en état de mort apparente. Ce n'était pas décider nous-mêmes du droit à la vie de certains. Nous sommes là pour faire vivre, non pour faire mourir.* »

Ce respect de la vie — cette religion de la vie — apparaît en effet, chez la plupart des médecins, comme l'article premier de leur morale, comme leur credo. Notons cependant en passant, comme nous l'a fait observer le docteur B..., d'Amiens, « *qu'il faut se faire une idée bien naïve, bien " image d'Épinal " de notre profession pour croire que l'on puisse séparer la vie de la mort comme le blanc du jaune de l'œuf. En réalité, parce que notre métier nous conduit à brasser, plus que la plupart des humains, la matière vivante, nous avons toujours plus ou moins les mains tachées de sang. Nous sommes des espèces de domp-*

teurs, couturés de cicatrices, et qui ont appris à apprécier la bête féroce, c'est-à-dire la Mort, à sa juste valeur. Elle fait partie de notre vie. Nous acceptons parfois de jouer avec elle, avec tous les risques que cela comporte.

Prenez l'exemple du chirurgien qui prend la décision d'opérer un enfant atteint de la maladie bleue. Apparemment, l'enfant ne souffre guère. Il est un peu pâle, ne joue pas avec le même entrain que les autres et a le souffle court dès qu'il monte des escaliers. Eh bien, l'opérateur va risquer consciemment de tuer cet enfant au cours de l'intervention — un risque de moins en moins grand, j'en conviens — pour lui donner en cas de réussite une vie plus longue et plus riche.

Croyez-vous, d'ailleurs, en cas d'échec, que le chirurgien ira penser qu'il a accompli un acte d'euthanasie en donnant à cet enfant la mort de préférence à une vie au ralenti? Non, puisqu'il n'a pas VOULU lui donner la mort, au contraire, et qu'il a agi uniquement dans l'intérêt du patient. N'empêche que, dans les faits, il aura tué un enfant qui pouvait vivre encore pendant plusieurs années... La vérité, c'est que, nous médecins, nous sommes engagés, notre vie durant, dans un combat douteux où nous jonglons avec la vie et la mort, avec notre conscience comme seul juge. Aucune tentation ne nous est épargnée, celle de l'euthanasie étant certainement l'une des plus difficiles à regarder en face. Mais on ne peut faire ce métier si l'on ne regarde pas en face! »

La « tentation » de l'euthanasie, c'est également le mot qu'employait le professeur Louis Portes, ancien président du Conseil national de l'ordre des médecins, lorsqu'il posait le problème en ces termes dans une communication à l'Académie des sciences morales et politiques du 29 juin 1949 :

Comment ne pas méditer sur cette tentation que représente pour le médecin l'euthanasie?

— Tout être vivant n'a-t-il pas DROIT à une mort douce et tranquille?

– Tout médecin a-t-il le DEVOIR de la lui donner?

Ces questions, messieurs, ne sont pas byzantines, car elles se posent tôt ou tard pour tous les hommes et quotidiennement pour le médecin.

Le caractère inéluctable de la mort, que chacun de nous secrètement souhaite douce et rapide, m'autorise donc à vous demander s'il convient de reconsidérer le problème de l'euthanasie en France, de vous pencher sur lui – de le dégager pour nous, médecins, de ses incertitudes et de ses préjugés et de nous dire dans quelle mesure enfin il convient de demander au législateur de sortir de son mutisme, à la lumière sans doute des plus récentes acquisitions de la science médicale; mais surtout sous le signe des traditionnelles qualités françaises d'humanisme.

A la suite de cette communication, qui condamnait énergiquement l'euthanasie, l'Académie des sciences morales et politiques a suivi le professeur Portes et publié le communiqué suivant, le 14 novembre 1949 :

L'Académie des sciences morales et politiques :

1° *Rejette formellement toutes les méthodes ayant pour dessein de provoquer la mort de sujets estimés monstrueux, malformés, déficients ou incurables, parce que, entre autres raisons, toute doctrine médicale ou sociale qui ne respecte pas de façon systématique les principes mêmes de la vie aboutit fatalement, comme le prouvent des expériences récentes, à des abus criminels, et même au sacrifice d'individus qui, malgré leurs infirmités physiques, peuvent, comme le montre l'histoire, contribuer magnifiquement à l'édification permanente de notre civilisation.*

2° *Considère que l'euthanasie et, d'une façon générale, toutes les méthodes qui ont pour effet de provoquer par compassion, chez les moribonds, une mort « douce et tranquille », doivent être également écartées.*

Il est assurément du devoir du médecin d'atténuer, dans toute la mesure de ses possibilités techniques, les angoisses et les affres de l'agonie quand elles existent. Dans ces circonstances, la crainte de voir la mort intervenir au cours de ses soins ne doit pas inhiber ses initiatives thérapeutiques, mais il ne peut cependant considérer comme licite le fait de la provoquer délibérément.

Cette opinion catégorique repose, entre autres raisons, sur le fait que l'incurabilité de ces sujets ne peut toujours être établie médicalement avec une certitude absolue, et que même dans l'hypothèse où cette incurabilité serait certaine, la mise en œuvre de telles méthodes aurait pour effet d'octroyer au médecin une sorte de souveraineté sur la vie et la mort, souveraineté contraire à son rôle réel qui est de guérir, contraire à ses obligations professionnelles, à l'ordre public et aux principes mêmes d'une morale millénaire qui reconnaît l'espérance pour un de ses fondements.

3° *Considère que, dans ces conditions, l'état actuel de la législation française ne semble pas, sur ce point, devoir être modifié.*

Relisez attentivement ce beau texte. Dans le style un peu pompeux qui est de rigueur dans toutes les académies – et en particulier dans celles dont la mission est de manier les grands principes moraux et les idées élevées –, il expose remarquablement tout l'ensemble des arguments qui s'opposent à une modification quelconque de la loi sur l'euthanasie (sans, pour autant, répondre à la requête du professeur Portes demandant à l'Académie de dégager le problème de l'euthanasie de ses incertitudes et de ses préjugés. C'est que les incertitudes et les préjugés sont liés au problème comme la tunique de Nessus au corps d'Héraclès!).

Ce texte, nous aurions pu le prendre pour conclusion de cette partie de notre enquête concernant l'euthanasie vue sous l'angle médical. Ç'aurait été trahir l'esprit de notre entreprise. En effet, si nous avons voulu écrire ce livre et essayer à notre tour de jeter quelques lumières sur l'un des plus graves problèmes moraux qui puissent se poser à nos contemporains, c'est que nous nous sommes trouvés disposer d'une masse de documents *concrets* très supérieure à tout ce qu'aucun homme au monde avait pu réunir jusqu'à présent sur cette question; c'est aussi que nous avons été investis par des milliers de nos compatriotes d'une confiance dont il fallait nous montrer dignes en ne laissant pas le débat sombrer dans la discussion théorique et l'académisme. Voilà pourquoi, pour conclure, nous allons essayer de faire défiler à la barre les principaux protagonistes du drame : les malades et leur entourage, les médecins et leur entourage.

Le chœur des malades, il est quasi unanime. Rappelons-nous les lettres déchirantes de ces incurables réclamant la mort comme une délivrance ou de ces trois « miraculés », l'ancien déporté, l'ancien « poumon d'acier» et le tétraplégique, demandant de mourir pour soulager non seulement leur souffrance mais aussi leur entourage. Citons-en une encore, de ces lettres, qui fait écho à plusieurs centaines d'autres que nous conservons dans nos dossiers. Elle émane d'une femme âgée qui nous écrit du Nord. Avec son écriture tremblée, avec son absence totale de ponctuation, elle constitue une sorte de long cri animal de détresse et de supplication. Qui pourrait y rester insensible?

« Monsieur le Directeur,

Oui donnez le droit aux docteurs d'abréger le martyre des incurables depuis trente ans je souffre horriblement vingt-deux fois opérée de la tête malheureuse asthmatique vingt-cinq ans sans dormir pour atténuer mes souffrances le docteur m'avait ordonné de la morphine pendant cinq ans je souffrais moins désintoxiquée depuis dix-huit mois mes souffrances sont encore plus terribles qu'avant je n'ai plus l'idée de la morphine je ne sais plus quoi devenir je ne tiens plus debout je ne puis ni rester couchée ni assise je ne puis plus endurer cette vie je demande à mon docteur de me délivrer la réponse nous n'avons pas le droit je vous prie monsieur d'intervenir pour que les docteurs puissent soulager les malheureux incurables c'est un cas de conscience ne plus souffrir quelle délivrance pour mon entourage et moi qui suis désespérée j'ai voulu agir moi-même je n'ai pas réussi et maintenant je suis trop faible plusieurs pages ne suffiraient pas à vous expliquer ma misère j'ai entendu votre appel à la télévision et j'attends avec impatience le résultat merci d'avoir pensé aux malheureux Agréez, Monsieur je vous prie, mes sentiments respectueux et ma reconnaissance. »

Si vous étiez médecin et qu'une pareille supplique vous était adressée, comment l'accueilleriez-vous? Certes, nous n'oublions pas que quelques malades incurables, à l'image de Mme Roiné que la sclérose en plaques cloue sur son lit à Guéméné-Penfao, considèrent l'euthanasie comme un crime et la souffrance comme une épreuve sublime. Mais en quoi l'ascèse de Mme Roiné apporte-t-elle un soulagement à la désespérée du Pas-de-Calais, à cette autre qui nous avait écrit de Troyes, à ces centaines d'autres dont nous n'avons pas cité les lettres? Il suffit qu'il existe *un cas* comme celui-là pour que se pose pratiquement au médecin le problème de l'euthanasie et pour qu'il soit humainement impossible d'y répondre avec des principes.

L'entourage des malades est beaucoup plus partagé. Nous avons fait état des nombreux témoignages de ceux qui ont vu agoniser un être cher dans des souffrances intolérables. Certains ont eu le courage de donner une dernière piqûre — mais tous n'ont pas supporté également les conséquences morales de leur acte. D'autres ont refusé d'accéder à la prière du moribond — mais certains d'entre eux se reprocheront toute leur vie cette abstention. Beaucoup, en tout cas, après avoir traversé la terrible épreuve, signeraient volontiers la lettre que nous a adressée de Paris — et sans adresse – une Mme R... à qui nous aurions voulu rendre visite :

« J'ai eu le grand malheur de perdre mon père il y a dix-huit mois et, le temps apaisant sinon le chagrin du moins la révolte, je vais essayer de parler objectivement.

Il est mort d'un cancer à l'œsophage trois mois après une douloureuse opération pratiquée à Marseille par un grand professeur.

J'adorais ce père qui me le rendait bien. Peut-être parce que j'étais fille unique. Pourtant, mariée et mère de cinq enfants, cet amour n'a fait que croître. Mon commerce et mes enfants absorbent toutes mes minutes et jamais je n'aurais songé, ne serait-ce qu'un jour, laisser ma boulangerie et mes filles. Cependant, j'ai tout quitté pendant deux mois pour mon père lorsqu'il a eu besoin de moi...

Tout ceci pour vous dire combien j'aimais mon père et pourtant je suis pour *l'euthanasie.*

J'estime que lorsqu'une consultation de sommités médicales diagnostique un mal dont la seule fin est la mort après des souffrances atroces, c'est un crime de prolonger le plus longtemps possible une vie dans des conditions pareilles.

Mon père est mort trois mois après une douloureuse opération qui a duré cinq heures. Le martyre qu'il a enduré est impossible à décrire. Il m'a fallu des trésors d'imagination pour qu'il ne se doute jamais de son vrai mal et maintenir son moral. Dieu merci, j'y ai réussi et c'est ma seule consolation.

Il m'est arrivé mille fois d'appeler cette mort qui ne venait pas, tant je ne pouvais plus supporter ces souffrances. Je ne pouvais plus voir cette bombe à oxygène au pied du lit et assister malgré cela à ses crises de suffocation. C'était infernal. De jour, de nuit, je le piquais de morphine qui l'abrutissait sans l'apaiser au point qu'à certains moments il ne savait plus ce qu'il disait, ajoutant à ma douleur le désespoir de voir cet être cher dans cet état d'infériorité.

Pour comprendre et accepter l'euthanasie, il faut avoir

vu souffrir un être très cher et avoir assisté jour et nuit à son agonie. Sinon, ce mot fait naître une certaine révolte.

Pour ma part, je peux dire que, toute ma vie, je pleurerai, non pas la mort qui en somme est naturelle, mais les atroces souffrances que mon pauvre père a endurées.

Et tout cela pourquoi? A quoi ont servi ces médicaments, ces piqûres, cette opération, ces consultations? A le faire souffrir davantage.

Quelques instants avant sa mort, alors qu'il était dans le coma, j'ai pratiqué à mon pauvre père une ultime piqûre sur ordre du médecin. J'entendrai toute ma vie ce dernier ha!! de souffrance et je ne me le pardonnerai jamais.

Pourquoi donc les médecins ordonnent-ils tout cela? Ne serait-il pas plus humain d'administrer au malade un médicament le maintenant dans un état euphorique et le faisant s'éteindre doucement jour après jour comme une lumière que l'on baisse lentement jusqu'à ce qu'elle s'éteigne?

Je serais heureuse d'entendre dans une émission Faire face *des médecins parler de l'euthanasie. Je suis persuadée que s'il en est un d'eux qui est pour, ce sera celui qui a eu dans son propre entourage un cancéreux, car il me semble qu'il est impossible d'assister à cette lente et douloureuse agonie et d'être contre l'euthanasie.*

On condamne bien des gens à la guillotine qui, eux, ne demanderaient qu'à vivre, même dans une prison. Pourquoi alors ne pas donner une mort douce à ceux qui sont déjà condamnés? »

Ainsi accusés, sommés d'agir par les malades et par leur entourage, que répondent les médecins qui refusent de céder à « la tentation de l'euthanasie »? Comment font-ils face?

Nous avons déjà vu que certains n'hésitaient pas, au pied du mur, à pratiquer l'euthanasie en ayant l'impression d'obéir à un devoir de charité qui est l'un des impératifs de la profession qu'ils exercent. Nous avons constaté, surtout, les scrupules et l'inquiétude de nombreux médecins devant la douloureuse alternative où les plongent les souffrances d'un moribond. Pourtant, la plupart s'affirment adversaires résolus de l'euthanasie.

Nos émissions médicales à la télévision nous ayant mis depuis tant d'années en contact avec la plupart de ceux que l'on appelle « les grands patrons », nous avons souvent eu l'occasion de recueillir leurs confidences à ce sujet. Nous avons téléphoné ou rendu visite à un certain nombre d'entre eux au moment de donner à cette enquête sa forme définitive de livre sur l'euthanasie. Leur réaction a été dans presque tous les cas la même : « Notre devoir et notre raison d'être sont de maintenir la vie envers et contre tout, envers et contre le malade, envers et contre nous-mêmes s'il le faut! » On ne discute plus. On ne raisonne plus. Prisonnier d'un devoir qui le dépasse, le médecin accepte de subordonner sa conduite à un impératif catégorique qu'aucune circonstance ne pourra remettre en question. Il s'agit d'un acte de foi.

On comprend cet acte de foi lorsqu'il est d'ordre religieux, d'essence métaphysique. La femme d'un médecin de Marseille résume parfaitement la double tradition médicale et chrétienne au nom de laquelle son mari et elle viennent, non sans combat, de repousser le fantôme de l'euthanasie :

« Nous venons de perdre Maman après huit mois de souffrances presque continuelles. Elle était atteinte d'un cancer, donc aucun espoir de guérison. Et nous suivions graduellement les ravages de ce mal atroce. Nous le suivions encore avec beaucoup plus de précision puisque, faisant partie de ce milieu médical, nous étions plus éclairés – mais aussi plus désarmés peut-être puisque la malade espérait davantage de soulagement. Nous avons donc pu vivre dans toute son atrocité le problème du sujet de votre émission.

Nous étions arrivés dans un état d'épuisement total et un réel désespoir de ne pouvoir apporter que des soulagements illusoires et passagers à de telles souffrances.

Que de fois le docteur et moi-même, en quittant le chevet de la malade, nous nous sommes regardés puis avons détourné les yeux de peur d'y lire l'inutilité de prolonger de telles souffrances. Et cependant si, humainement, cela paraît impossible, il faut se placer tout d'abord au point de vue chrétien qui exige le respect de toute vie et ne reconnaît aucun droit, dans aucun cas, de la supprimer.

Il y a également le point de vue médical qui veut espérer jusqu'au bout que, dans ce domaine-là comme dans bien d'autres, la science peut faire des découvertes et que celui qui paraissait incurable peut, du jour au lendemain, retrouver un espoir.

Mais il y a avant tout le point de vue de l'éternité de l'âme et la croyance que les souffrances de ce monde se transforment en jouissances dans l'autre monde si elles sont acceptées et offertes avec résignation. Et je crois que c'est surtout de cela qu'on ne doit pas frustrer une âme en abrégeant une vie. Mais c'est un problème atroce car, je vous l'avoue, c'est presque un soupir de soulagement que j'ai poussé quand j'ai compris que, pour Maman, tout était fini... »

On comprend cette résignation de la part d'un croyant pour qui tout être, souffrant ou non, est d'abord et essentiellement *une âme*. On la comprend moins bien de la part de médecins non-croyants – et ils sont légion. Comment, pour eux, la lutte contre la souffrance s'arrêterait-elle au seuil de la mort? Quel mal y aurait-il à amputer de quelques heures ou quelques jours de souffrance une vie pratiquement terminée? Lisez le pathétique testament que nous a adressé une femme-médecin :

« Je suis femme-médecin et j'ai subi plusieurs interventions chirurgicales pour un cancer récidivant malgré la cobaltothérapie. Ma dernière opération date de juin 1961. Je me porte assez bien actuellement... pour combien de temps?...

Quand le moment des grandes douleurs sera arrivé, je pense qu'il me sera simple d'y mettre un terme discrètement. J'éviterai ainsi à ma famille les dernières heures cruelles qui durent parfois des jours et des jours. J'adore mon mari, mes enfants. Pourquoi leur infliger pareille peine, pareil spectacle...

Et la vie éternelle? peuvent dire certains. Si Dieu existe, il doit être essentiellement bon et compréhensif. Est-ce vraiment plus lâche de mettre un terme à ses souffrances en passant la porte étroite volontairement? car on ne sait jamais exactement comment le passage se fera... »

Ainsi, pour une certaine morale laïque, tout aussi humaine que l'autre, à sa manière, la mort deviendrait l'ultime recours devant la souffrance lorsqu'il est scientifiquement prouvé que le malade est condamné, qu'il éprouve une douleur intolérable et que sa maladie est incurable. Or précisément, nous dit le professeur Portes, de telles notions demeurent incertaines et imprécises malgré les progrès de la science.

« Si, dans la plupart des cas, les médecins instruits, lorsqu'ils utilisent avec conscience toutes les acquisitions cliniques et scientifiques que nous propose l'art médical moderne, arrivent à établir le diagnostic sur des bases à peu près certaines, il n'en est pas moins vrai que le pronostic reste souvent mystérieux, non seulement quant à l'issue fatale du processus morbide, mais surtout quant à sa durée.

On objectera à cela que la consultation de plusieurs médecins peut lever bien des doutes. Cela n'est vrai que dans la mesure où la consultation de plusieurs médecins corrige les erreurs individuelles de chacun d'eux, mais elle ne peut faire que l'addition de plusieurs incertitudes puisse aboutir à la certitude absolue qui, dans l'espèce, est pourtant rigoureusement indispensable.

Les exemples d'erreurs de diagnostic commises par des médecins techniquement et moralement incontestables, aussi bien que par des groupes de médecins ayant simultanément ou séparément examiné le même malade, sont nombreux. Les erreurs de pronostic, dans ces mêmes conditions, sont plus fréquentes encore.

J'en citerai deux exemples significatifs :

Un homme de soixante-huit ans fut projeté de son auto sur la chaussée et eut la tête prise entre un tas de pierres et sa voiture renversée. Relevé sans connaissance avec les signes d'une fracture de la base du crâne, il fut soigné avec intelligence par quatre médecins qui ne négligèrent rien pour le tirer du coma.

Malgré une active médication, la respiration devint irrégulière et se ralentit, le pouls s'affaiblit et devint inégal et le râle agonique apparut.

Devant l'évidence des signes d'une mort imminente, on suspendit toute tentative.

A ce moment, le désir de faire durer le moribond pendant quelques minutes encore, jusqu'à l'arrivée d'une parente, engagea à reprendre et à pratiquer sans compter piqûres d'éther et de caféine.

A l'étonnement de tous, l'agonie se suspendit, le cœur reprit son activité, la respiration se rétablit et le blessé sortit du coma.

Cet homme bénéficia depuis d'une excellente santé.

Une jeune femme, atteinte d'une infection puerpérale, fut soignée par deux spécialistes qui lui prodiguèrent leurs soins en consultation avec deux médecins de la localité et un chef de clinique gynécologique. D'un avis unanime, la situation devint désespérée. Toutes les médications avaient été tentées sans succès quand l'agonie s'établit.

Deux des trois médecins qui étaient restés auprès de la malade refusèrent leur concours à celui d'entre eux qui voulait tenter une dernière chance en déclarant absurde toute tentative en pareil cas, rien ne pouvant arrêter, disaient-ils, l'œuvre de mort. Et cependant l'ultime médication eut un plein succès, la guérison survint et la malade se rétablit entièrement.

Observons, poursuit le professeur Portes *que, dans ces deux cas, l'euthanasie, si elle avait été envisagée, aurait été certainement criminelle.*

A la lumière de ces faits médicaux, nous devons donc admettre qu'en bien des cas il n'y a pas de critère infaillible qui permette au médecin, en tous domaines et particulièrement celui de l'incurabilité, de sortir de la conjecture. Celle-ci sans doute entraîne pratiquement le plus souvent une probabilité suffisante pour permettre l'action, car les lois médicales ont évidemment leurs constantes, mais elle n'aboutit que bien rarement à la certitude pour ainsi dire mathématique qu'implique l'euthanasie. »

Une certitude mathématique! Quel est le médecin qui serait assez présomptueux pour affirmer que la science en soit arrivée à un point de perfection telle qu'elle puisse traiter la vie humaine comme un problème d'algèbre ou de géométrie? Nous avons déjà évoqué un certain nombre de ces cas situés à la frontière de l'ignorance médicale et qui font crier au miracle ceux qui avaient surestimé le savoir des hommes en blanc. Citons encore une lettre dont nous sommes allés vérifier sur place, dans la banlieue parisienne, l'absolue véracité :

« *Monsieur,*

Je suis toujours avec grand intérêt votre émission Faire face.

Par vos différents appels à la télévision vous nous informez que, prochainement, votre émission traitera sur l'euthanasie.

Il y a à peine deux ans, j'aurais volontiers accepté ce procédé, mais aujourd'hui je ne suis plus du tout d'accord, car tant qu'il y a de la vie, il y a de l'espoir et vous vous en rendrez parfaitement compte par l'exposé du cas qui m'intéresse.

Dans ma proche famille, un jeune homme de vingt-neuf ans s'est vu du jour au lendemain aveugle après avoir eu une mauvaise grippe et des douleurs de tête terribles.

Après avoir consulté plusieurs docteurs et ophtalmologistes, il a été décidé par un professeur neurologue que ce jeune homme serait opéré, afin de découvrir le mal dont il souffrait tant et dont la radio ne révélait absolument rien.

L'opération a donc eu lieu et le professeur ayant vu une tumeur dans les nerfs optiques a refermé n'ayant pas voulu sectionner les nerfs espérant que par divers traitements, le malade pourrait peut-être un jour, recouvrer la vue.

En effet, quelques mois après l'opération le malade a revu d'un œil pendant un an mais a souffert le martyre de sa tête et un beau jour en pleine nuit il est redevenu aveugle (il y a de cela trois ans et demi).

Nous avons revu immédiatement ces mêmes docteurs qui s'étaient occupés de lui mais le malade dépérissait de jour en jour, vomissant constamment et ne pouvant plus rien avaler, les douleurs de tête étaient devenues intolérables. Si bien que ce jeune garçon était arrivé, mesurant 1 m 84 à peser 38 kg! Inutile de vous dire qu'il n'avait plus la force de se bouger ni de lever sa tête, c'était un vrai cadavre.

Nous étions complètement découragés de voir souffrir un pauvre malheureux de la sorte sans pouvoir faire quoi que ce soit et il y aura deux ans en novembre, il a même été dit à la maman (ce jeune homme étant entré à l'hôpital) : " Retirez vite votre fils si vous ne voulez pas qu'il meure ici, car maintenant la médecine ne peut plus rien pour lui, sa mort est certaine et il n'en a plus que pour quelques jours. "

C'est terrible pour une maman d'attendre journellement la mort d'un enfant et là on souhaiterait pouvoir procéder à l'euthanasie.

Mais heureusement pour nous, nous avons eu la chance de rencontrer un biologiste M. B..., auquel nous avons fait appel, en dernier ressort, et celui-ci a beaucoup regretté que son traitement n'ait pas été employé dès le début de la maladie. Sur l'accord d'un jeune docteur, ami de ce jeune homme, on a donc commencé le traitement B...

Actuellement ce jeune homme pèse plus de 70 kg, il mange tout ce qu'il veut, il va se promener tous les jours, il est même parti en vacances avec sa maman cette année. Il souffre toujours un peu de sa tête mais aux changements de temps seulement.

Il est malheureusement toujours aveugle, et il est navrant de constater que si le traitement B... avait été commencé plus tôt, ce jeune garçon aurait peut-être déjà recouvré la vue.

Néanmoins, ce jeune homme âgé maintenant de trente-cinq ans et qui était condamné par de grands docteurs il y a deux ans reprend tous les jours; il a un moral extraordinaire et cherche même, au cas où il resterait aveugle, le travail qu'il pourrait bien faire pour gagner sa vie.

Je crois qu'avec ce récit vous ne pourrez plus douter que l'on n'a pas le droit de pratiquer l'euthanasie, car il est prouvé que des grands docteurs peuvent se tromper. Je serais même très heureuse que ces docteurs voient le résultat actuel et me disent ce qu'ils en pensent.

La médecine n'a pas le droit de dire " on ne peut plus rien " tant que tous les remèdes n'ont pas été employés.

Je me tiens à votre entière disposition et vous prie de croire, Monsieur, à l'expression de mes meilleurs sentiments. »

Ainsi, l'ignorance scientifique et métaphysique de l'homme devant la mort (et devant la vie) devrait conduire les médecins à un refus catégorique au moment où se présenterait à eux l'horrible tentation de forcer la nature en abrégeant une vie qui leur apparaîtrait à eux condamnée? Seuls des médecins trop sûrs d'eux-mêmes (et de leur science) et sans aucune religion pratiqueraient parfois l'euthanasie? Notre courrier nous a donné mainte preuve du contraire. Est-il trop sûr de lui ce médecin de campagne *catholique* qui nous a envoyé la lettre suivante :

« Monsieur,

Vos émissions m'intéressent toujours beaucoup et j'attends avec intérêt celle sur l'euthanasie.

Comme médecin, j'ai un respect immodéré de la vie car trente années d'exercice de médecine de campagne m'ont appris ce qu'il en coûtait, d'abord de donner la vie, ensuite de la conserver.

Que d'accouchements dramatiques au cours de ma carrière! (A domicile, bien entendu, car les maternités n'existent dans notre région que depuis seulement une dizaine d'années.) Forceps difficiles, hémorragies de la délivrance, enfants cyanosés ou en syncope, chambres étroites et mal éclairées. Bref, toujours des larmes, du sang, des visages inquiets autour de soi et la crainte pour le médecin de voir mourir et la mère et l'enfant.

Plus tard, que de luttes pour conserver la vie à un petit être moribond ou par toxicose ou par croup!

C'est la raison pour laquelle, en dehors de la raison religieuse, j'hésite devant l'euthanasie. Et pourtant, je vous avouerai que j'en ai eu l'intention et que, maintes fois, j'ai eu le sentiment d'en faire. Je me permets de vous confier quelques exemples pénibles :

J'ai connu cette période épouvantable où la tuberculose tuait énormément de jeunes entre quinze ans et quarante ans et les tuait à petit feu, péniblement et EN PLEINE LUCIDITÉ. J'ai encore le souvenir de deux jeunes femmes de vingt-huit ans mourant d'étouffement avec hémoptysies et cyanose. Je vois, en entrant dans leur chambre, leurs regards anxieux, suppliants, qui me faisaient mal, à moi qui savais que je ne pouvais rien pour elles, leur pronostic vital à la sortie du sanatorium étant fatal. Et puis les signes cliniques et le tableau que j'avais devant moi prouvaient que ce pronostic se confirmait. Je leur ai fait une dose importante de morphine et je leur ai serré doucement la main en prenant congé, leur affirmant – et sachant – que je les calmerais mais, hélas! peut-être pour toujours.

J'emporte le souvenir de leur visage devenu souriant pour me remercier. Et le lendemain matin, alors que j'avais demandé que l'on me porte des nouvelles, l'on est venu m'annoncer leur mort, QUE JE SAVAIS INÉVITABLE.

N'ai-je pas fait un peu d'euthanasie par charité – et Dieu m'en tiendra compte, je l'espère.

Un homme, celui-là, cinquante-huit ans, est atteint de cancer du poumon. Il souffre comme un damné et, sachant qu'il n'y a plus à lutter, je prescris la morphine, augmentant journellement la dose jusqu'à ce qu'il soit calmé mais SACHANT PERTINEMMENT que, si j'abrège ses souffrances, j'abrège aussi sa vie.

Je vous parlerai également d'un homme de soixante-quatre ans, un ami, atteint d'un cancer au rectum. Souffrant énormément, il crut un certain temps en la Médecine. Puis, voyant que tous les traitements étaient inopérants, il me fait venir un soir et me demande de lui faire une dose massive de morphine, m'affirmant qu'avec son cœur fatigué il ne survivra pas. Si je refuse, il se détruira lui-même, mais il pense à sa famille. J'ai plaisanté, j'ai refusé, j'ai menti comme à l'habitude (“ Les mensonges des médecins sont eux aussi de pieux mensonges ”, disait une de mes tantes, religieuse de Saint-Vincent-de-Paul). Il a eu l'air de me croire. Je suis parti soucieux, car je le savais homme de caractère et dénué de sentiments religieux.

Le lendemain matin, on venait me chercher à 6 heures : sa femme l'avait trouvé pendu! J'ai, depuis, beaucoup pensé à lui et je ne vous livrerai pas mes réflexions.

... Tels sont les propos désabusés mais exacts que vous révèle un médecin de campagne rendu philosophe par trente ans de pratique et qui écoutera votre émission avec beaucoup d'intérêt. »

Faut-il en conclure que, dans l'ensemble, les membres du corps médical sont adversaires de l'euthanasie et que, dans l'ensemble également, il leur est arrivé de la pratiquer par humanité pure dans certaines circonstances exceptionnelles? Certes, il serait téméraire, pour quelques centaines de lettres que nous avons reçues, de tirer une conclusion définitive concernant les cinquante mille médecins français. Notons cependant que ces lettres se présentent pour la plupart comme des sortes de confidences d'homme à homme, ce qui en multiplie la valeur peut-être pas statistique mais significative. Notons aussi qu'à ces lettres de médecins s'ajoutent de nombreuses lettres d'infirmières et que presque toutes vont dans le même sens : « Les médecins les plus humains que nous avons connus sont ceux qui, lorsque tout espoir était perdu et que la souffrance devenait trop grande, ont pris sur eux de pratiquer l'euthanasie. » Ces témoignages ont d'autant plus de valeur que si soulager la souffrance est l'une des missions du médecin, c'est presque exclusivement la seule mission des infirmières. Elles vivent avec la souffrance quotidiennement, jour et nuit, minute par minute. Elles sont, d'autre part, les exécutantes d'une grande partie des actes ordonnés par les médecins — y compris les piqûres de morphine à haute dose. Elles savent de quoi elles parlent lorsqu'elles disent, comme l'une d'elles : *« La souffrance exige. Il sera toujours temps de rendre compte à Dieu plus tard. »*

Alors, retournons la question. S'il est certain que beaucoup plus de médecins qu'on ne le suppose ont accepté de pratiquer l'euthanasie dans certains cas extrêmes, comment se fait-il que, pour soulager leur conscience, pour aider dans un débat difficile ceux qui viendront après eux, ils ne demandent pas que soit modifié l'article 23 de leur code professionnel qui dit : « Le souci primordial du médecin doit être de conserver la vie humaine, même quand il soulage la souffrance »?

Pourquoi? Les raisons nous sont apparues comme évidentes à mesure que nous nous familiarisions (par l'intermédiaire de ces lettres souvent épaisses, gribouillées à la va-vite sur des ordonnances) avec l'univers des médecins.

D'abord, c'est une question de principe. Ceux que l'on considère souvent comme les plus blasés des hommes tant la vie leur offre en spectacle tout ce qu'elle a de plus effrayant, ces hommes, comme tous les hommes, ont besoin d'un credo : ils le trouvent dans cette dévotion inconditionnelle au principe de vie. Dans ce combat épuisant et perdu d'avance qu'ils mènent contre la mort, comment ne se sentiraient-ils pas des traîtres si, à leur tour, ils abandonnent le malade, s'ils ne s'accrochent pas de toutes leurs forces au terrain conquis? Que si, parfois, en leur âme et conscience, ils finissent par donner « le coup de pouce », la défaite en est doublée pour eux, infiniment plus amère, plus difficile à accepter. Comment iraient-ils officialiser cette possibilité de défaite sans en faire aussitôt un communiqué de déroute?

Comment, aussi, accepteraient-ils de se voir confier par les textes un rôle d'exécuteur, voire de bourreau, pour lequel ils ne sont nullement faits? Pourquoi posséderaient-ils droit de vie et de mort sur leur client alors qu'ils n'ont franchi son seuil que pour soulager ses misères? Certains médecins nous ont bien écrit pour se poser en seuls juges compétents de la nécessité de déclencher le processus d'euthanasie :

« Si l'euthanasie consiste, pour le médecin, et uniquement pour lui, à soulager un cancéreux qui se meurt, un moribond qui gémit de douleur, alors je me sens parfaitement autorisé à lui faire la piqûre qui lui apportera le calme, sachant parfaitement qu'il s'ensuivra une diminution de ses forces. Mais le médecin est seul juge de calmer les peines du moribond, avec la certitude d'abréger quelque peu ses derniers instants. Son expérience lui permet d'affirmer que le malade est atteint d'un mal incurable; en son âme et conscience, avec la bonté profonde que lui a donnée la fréquentation de ses semblables, touchés gravement dans leur chair, il lui est permis de diminuer leurs peines, de rendre leur fin plus douce... », revendique un médecin breton.

Et si le médecin n'est pas bon? Et s'il n'a pas de conscience? Et s'il n'est pas compétent? On voit trop à quel abus mèneraient cette surévaluation du rôle d'un homme, ce pouvoir transcendant qui lui serait confié! Comme on préfère la modération dont témoigne la prière – citée par le professeur Portes – du médecin du XIIe siècle, Moïse Maïmonide :

« Éloigne de moi, ô Dieu, l'idée que je peux tout! »

Oui, reconnaître au médecin le droit – même dans des circonstances très particulières et en s'entourant de toutes les précautions imaginables – d'attenter aux jours de ses malades, ce serait faire de lui un serviteur de la mort et non plus de la vie, un justicier et non plus un compagnon de misère.

Ce serait surtout, par là même, trahir la confiance du malade, altérer gravement le principe même des rapports entre le médecin et ses malades. C'est encore le professeur Portes qui a écrit : *« Tout acte médical est une confiance qui rejoint librement une conscience. »* Comment ce dialogue libre et confiant pourrait-il continuer si l'un des protagonistes est un meurtrier en puissance? Que l'on songe à la transformation radicale de la mentalité du malade s'il peut penser que le médecin qui lui rend visite a peut-être décidé secrètement sa mort? De sa mentalité, donc de sa santé, puisque la relation entre le moral et le physique n'est plus à démontrer au siècle de la psychosomatique. Bref, comment le médecin guérirait-il s'il terrorise ceux dont il doit apaiser la souffrance, lui *« l'éternel berceur de la souffrance humaine »,* selon le mot du professeur Forgue?

Tels sont les arguments qui nous ont été exposés qui militent en faveur du *statu quo*. Ils sont de taille et ce n'est pas à nous d'en discuter la validité. Notre rôle se borne à apporter dans le procès le plus grand nombre de pièces à conviction possible. N'est-il pas déjà important que la plupart des médecins aient bien voulu reconnaître – après avoir poussé les hauts cris – que l'euthanasie n'était pas toujours un crime et qu'eux-mêmes quelquefois...?

Le docteur S... n'est pas un extrémiste. Il exerce depuis trente ans dans le cabinet de médecin de quartier où il nous reçoit aujourd'hui.

« Je suis plutôt adversaire de l'euthanasie, dit-il d'une voix douce, *mais même aujourd'hui je ne puis pas dire que ma*

conscience ait résolu le problème d'une manière indiscutable. Cela me paraît grave, en tout cas, d'avancer l'heure de la mort. Nous ignorons à peu près tout de la mort. De quel droit infligerions-nous, sans retour possible, ce que rien ne peut nous permettre de considérer comme un remède? Pour les gens que nous soignons et pour leur famille, nous sommes en mission auprès d'eux, nous sommes les représentants de la vie. Comment irions-nous donner la mort? D'ailleurs, même s'ils l'ont demandée, cette mort, ils ne pardonnent jamais au médecin qui admet, ou qui suggère, cette issue. Il trahit la Vie; il trahit la confiance des malades et de leurs familles; il se trahit lui-même...

— Vous-même, vous n'avez donc jamais pratiqué l'euthanasie?

La voix douce se trouble un peu :

Une fois, si, monsieur, dans des circonstances très exceptionnelles. J'ai été appelé au chevet d'un ancien malade à moi que j'ai retrouvé atteint d'un cancer à marche rapide parti de l'œsophage et ayant déjà envahi toute la région. Le malheureux écumait littéralement de rage et de douleur, frappant sur sa femme et ses enfants avec tout ce qui lui tombait sous la main et en particulier avec les chaises. Un drame atroce pour tous. J'ai fait une piqûre calmante, sans doute un peu corsée. Le malheureux ne s'est pas réveillé. C'est tout, mais je ne puis l'oublier. Ai-je trahi mon devoir qui est de défendre la Vie avec un grand V?

En nous raccompagnant, le docteur S... ajoute :

Mais des histoires de ce genre, tous mes confrères pourraient vous en raconter plusieurs. Les cas de conscience, vous savez c'est notre lot. Ce n'est pas les textes qui peuvent y changer grand-chose... »

Au moment d'entamer le chapitre suivant, un scrupule. Il est normal que cette partie du livre consacrée aux rapports des médecins avec l'euthanasie ait été aussi importante

– d'une part, parce que les médecins se trouvent mêlés plus que quiconque à ce drame, d'autre part parce que, d'eux-mêmes, ils nous ont écrit très nombreux. Il est normal aussi que nous ayons évoqué si largement dans ces pages le cas des malades incurables, souffrant le martyre et n'ayant plus rien à attendre de la vie : c'est d'eux que nous ont entretenu les quatre cinquièmes du courrier que nous avons reçu – soit environ huit mille lettres! Était-il juste, cependant, que nous ne parlions que d'eux?

Plusieurs centaines de lettres posaient de façon plus ou moins directe, plus ou moins pathétique, le problème des enfants anormaux et demandaient que ce soit le médecin qui prenne la responsabilité, à la naissance, de supprimer celui dont la vie ne sera qu'un calvaire plus ou moins long mais toujours douloureux pour lui-même et pour son entourage. Souvenez-vous de l'aveu échappé à Mme L..., de Nantes, dont la vie est suspendue à celle de son petit Jean-Luc, et qui reconnaissait pourtant : *« Je ne peux m'empêcher de penser que si le petit était mort à la naissance, nous aurions été très malheureux mais nous n'aurions pas été marqués pour la vie... »* Et elle protestait : *« Quel gâchis! Vous ne croyez pas que les médecins qui nous l'ont abîmé auraient dû au moins avoir le courage de lui donner la mort puisqu'ils ne pouvaient plus lui donner la vie?... »*

Une affaire qui a fait grand bruit dans les journaux du monde entier a remis une nouvelle fois cette question à l'ordre du jour, quelques semaines après l'affaire de Liège que nous avons rappelée au début de ce livre.

La différence – essentielle – entre Mrs Sherri Finkbine, la présentatrice de télévision américaine, et Mme Suzanne Vandeputte, c'est que l'enfant de la jeune maman belge était déjà né lorsqu'on lui a donné la mort tandis que c'est un embryon qu'a tué l'avortement thérapeutique pratiqué finalement en Suède sur la maman américaine. Dans les deux cas, le responsable du drame est un médicament, la Thalidomide, baptisée depuis « drogue à fabriquer des monstres ». Retirée trop tard du marché, la Thalidomide est considérée par les statisticiens comme responsable d'environ cinq mille enfants monstrueux en Allemagne de l'Ouest, douze cents en Angleterre, près d'un millier dans les autres pays. Deux tiers de ces enfants continueront à vivre malgré leurs membres mutilés ou inexistants!

Il est certain que l'angoisse d'une mère prévenue par les médecins qu'elle avait toutes les chances de donner le jour à l'un de ces enfants maudits rejoint l'horreur de l'autre mère découvrant, *malgré les médecins,* que la chair de sa chair était un petit être mutilé. Certain aussi que rien ne prouve *a priori* qu'en immolant le petit Vandeputte aussitôt après sa naissance ou le petit Finkbine avant sa naissance on n'ait pas assassiné un futur grand poète, grand musicien ou grand mathématicien...

Mais le cas des enfants anormaux déborde un peu le cadre de cette enquête. Nous en avons dit tout ce que nous en avons appris nous-mêmes dans le chapitre 6 de ce livre qui s'achève sur une note d'incertitude. En tout état de cause, on quitte là le domaine de l'euthanasie proprement dite (puisque ni les embryons ni les nouveau-nés ne souffrent de leur état anormal et ne demandent d'eux-mêmes à mourir) pour entrer dans le domaine de l'eugénisme – ou sacrifice d'un certain nombre d'individus à l'amélioration de la race. Nous aurons l'occasion d'y revenir dans le chapitre consacré à l'euthanasie devant la loi.

11

Tu ne tueras pas...

Pour ne pas faire mentir la tradition, il pleuvait sur Lyon quand le train nous a déposés en gare de Perrache. C'est sous un crachin dense, dans un dédale de rues mal éclairées, que nous avons fini par trouver l'appartement habité par Mme G...

Elle nous avait écrit :

« ... Je suis avec intérêt l'émission Faire face et je veux vous apporter mon point de vue sur le tragique problème que vous traitez actuellement, l'euthanasie.

Ma mère est morte d'un cancer généralisé; elle venait d'avoir juste cinquante ans. Les dernières semaines ont été atroces. Rien n'est plus odieux que de voir un être aimé hurler de douleur et vous demander de l'achever, par amour pour lui... Rien n'est plus odieux que de suivre jour après jour la décomposition d'un ÊTRE VIVANT.

Un certain soir, revenant de faire hâtivement des courses, j'entendis – malgré les fenêtres fermées – ma mère hurler. Je me précipitai dans sa chambre. Je la trouvai dans un état affreux... Dans la journée, je lui avais fait deux piqûres de morphine et ne pouvais plus en faire une autre; c'étaient les instructions du docteur. J'employai alors tous les moyens pour la calmer, sans toucher au calmant. Dans la soirée, les hurlements recommencèrent. (" Achevez-moi, suppliait maman..., mais achevez-moi donc, vous voyez bien que je suis perdue ", etc.)

Maman ne croyait pas en Dieu. Je tiens à dire ceci, car cela me semble avoir son importance. Pour ma part, maman depuis quelques semaines, je commençais à me poser des questions — particulièrement depuis la naissance de mon enfant — sur la religion. Le fait d'avoir donné la vie me faisait la considérer avec plus d'attention, plus de sérieux, mais ce n'était pas auprès de ma famille que je pouvais m'informer sur la présence ou la non-présence réelle de Dieu. Dans cet état d'incertitude totale où je me débattais, mon hésitation à obéir à ma mère ne pouvait venir de ma crainte d'avoir à rendre un jour des comptes sur mon comportement dans une aussi atroce décision à prendre.

Maintenant, plus de vingt ans après, il m'arrive encore de me poser la question : Ai-je bien fait? Je me réponds : Oui. Mais, depuis, mes idées, mes sentiments ont changé, car je suis devenue croyante — une vraie — et si je devais prendre à nouveau une pareille décision, si je devais faire ce même geste, je ne suis pas sûre que ma main ne tremblerait pas... Il ne s'agirait plus d'abréger les souffrances de ma mère, perdue mais à qui je devais la Vie, à qui je devais d'avoir eu une enfance heureuse; il s'agirait alors de justifier mon geste devant Dieu. »

« *Je crois que je me sentirais obligée, humainement, de refaire le geste,* nous confirme Mme G... devant une tasse de café, *mais il me coûterait bien davantage. Je saurais, en l'accomplissant, que je me prépare des années de remords...*

— Quel âge aviez-vous quand votre mère est morte?

— *Vingt-quatre ans. Et elle, cinquante, depuis quelques jours. Pour son anniversaire, nous nous étions tous efforcés de lui offrir des objets qui durent, des choses destinées à un long usage, pour lui cacher que nous pensions sa mort très proche. C'était une comédie atroce...*

— Est-ce l'horreur de votre geste qui a déclenché votre vocation religieuse?

— *Absolument pas. J'étais très malheureuse, mais j'avais parfaitement bonne conscience... Non, je suis devenue catholique beaucoup plus tard. L'événement décisif a eu lieu il y a huit ans. Je vivais en Afrique. Mes deux garçons qui avaient onze ans et huit ans et demi se sont noyés sous mes yeux.*

C'est une épreuve dont on ne se remet pas facilement... »

La voix de Mme G... ne tremble pas. Elle s'est seulement un peu voilée. Il fait soudain très froid dans ce salon qui a l'air à peine habité et où nous nous sentons de trop. C'est elle qui reprend :

« *D'une certaine façon, c'est plus simple de ne pas être croyant. On est libre...* »

Le cas de Mme G... est exemplaire. Voilà une jeune femme qui, il y a vingt ans, abrège par amour la vie de sa mère souffrante sans éprouver le moindre sentiment de culpabilité. Aujourd'hui, elle hésiterait davantage, accomplirait sans doute également le geste mais ne saurait ensuite comment expier sa faute. Est-elle devenue plus exigeante vis-à-vis d'elle-même? Non, elle est devenue seulement l'esclave volontaire d'un Dieu qu'elle adore et au nom duquel elle s'impose un système de valeurs morales dont les commandements ne coïncident pas toujours avec ceux de sa conscience.

De la même façon, le jeune schizophrène que nous avons rencontré dans le jardin d'un asile souhaitait mourir mais ne se sentait pas le droit de désobéir aux ordres de l'Église. Mme P... nous écrivait du Puy-de-Dôme pour nous dire que pendant un an elle avait cru devenir folle, le prêtre ayant refusé de lui donner l'absolution. Bref, pour les catholiques convaincus, le dilemme ne se présente pas ainsi : « Dois-je accomplir un acte que la charité réclame et que la morale courante réprouve », mais sous cette forme : « Dois-je, pour obéir à des sentiments passagers, désobéir à Dieu? »

Car le croyant ne s'appartient pas. Il appartient à Dieu. La vie est une épreuve que celui-ci nous a imposée ici-bas et qui revêt par là un caractère intangible et sacré. Notre corps n'étant qu'un avatar et notre âme devant faire son salut dans ce corps, qui peut se sentir le droit, en abrégeant la vie terrestre, de compromettre le salut éternel?

L'Antiquité pensait tout autrement. Malgré la profession de foi pythagoricienne qui se résumait à « Suivre Dieu », on peut dire qu'Épicure résumait assez bien le courant de pensée général lorsqu'il affirmait :

« Nous sommes maîtres des douleurs, maîtres de les supporter si elles sont tolérables, et dans le cas contraire, maîtres de quitter avec une âme égale, comme le théâtre, la vie qui ne nous plaît pas. »

Employant une métaphore différente, le Latin Sénèque abonde dans le sens du philosophe grec lorsqu'il écrit :

« Si la vieillesse parvient à ébranler mon intelligence, si elle me laisse non plus vraiment la vie mais seulement l'existence, je me précipiterai hors de cette demeure ruinée et ruineuse. »

Ce n'est qu'au ve siècle après Jésus-Christ que saint Augustin étend formellement au suicide et à l'euthanasie le cinquième commandement de l'Écriture : *« Homicide point ne seras, de fait ni de consentement. »* A la forme lapidaire *Non occides, « Tu ne tueras pas »,* il ajoute ce commentaire : *« Nul ne doit spontanément se donner la mort sous prétexte de fuir les tourments passagers, au risque de choir dans des tourments éternels. »*

L'Église catholique d'aujourd'hui est demeurée rigoureusement fidèle à ces principes. Mrs Finkbine s'est attiré les foudres du Vatican pour avoir projeté d'empêcher de naître son enfant présumé monstrueux et pour avoir fait part de son débat de conscience à un rédacteur du journal local, en Arizona. Commentant l'acte du docteur Sander, qui avait reconnu avoir achevé une malade hospitalisée pour une tumeur cancéreuse (et qui avait été acquitté par le tribunal), *l'Osservatore Romano* écrivait, en janvier 1950 : *« La pitié ainsi comprise mène en ligne droite à la folie. »*

C'est qu'il s'agit, pour l'Église militante, d'une position-clé, d'un terrain à défendre à tout prix dans une époque où sa doctrine même, ses fondements philosophiques sont ébranlés sur plusieurs fronts à la fois. Déjà, en 1949, lorsque le pape Pie XII rappelait, devant un congrès international de médecins catholiques, *« le domaine souverain de Dieu sur la vie et sur la destinée »*, il flétrissait très généralement les *« considérations de philanthropie matérialiste »* qui envahissent notre temps et tendent à mettre l'Homme, et non plus Dieu, au centre de l'univers philosophique et moral. C'est au nom des mêmes principes que les évêques allemands – en particulier ceux de Limbourg et de Munich – eurent le magnifique courage de condamner *ex cathedra,* en 1935, le diktat hitlérien décidant la suppression par la faim des enfants malades et incurables.

L'argument essentiel des spiritualistes est évidemment que l'heure de notre mort ne nous appartient pas puisque nous ne sommes pas propriétaires du souffle de la vie qui nous a été accordé. La souffrance, qui fait partie de la vie, a un caractère non seulement fatal, mais nécessaire, non seulement nécessaire, mais bénéfique; c'est à travers elle que se forge notre âme. Ainsi, dans son enseignement au Collège de France, Charles Nicolle a-t-il pu aller jusqu'à recommander la plus grande mesure dans l'emploi des calmants à l'égard d'un moribond :

« Engourdir la conscience est grave. Le mourant a souvent des dispositions à prendre. Intoxiqué, il les oublie; de plus, un empoisonnement médicamenteux attente à la dignité du patient. C'est une loque, une bête qui succombe, non un humain. »

Jusqu'à la dernière seconde, chez le plus grand coupable, demeure la possibilité de rachat. Souvenons-nous du « roi indigne » Henri III qui, après avoir perdu Paris par sa conduite révoltante, cherche à le reconquérir en compagnie de son cousin huguenot, Henri de Navarre. Poignardé à Saint-Cloud par le moine ligueur Jacques Clément, il se rachète en quelques heures d'une vie consacrée aux plaisirs. Angoissé, livide, le ventre ouvert, il réunit pendant toute une matinée un dramatique Conseil de la Couronne.

Tantôt, il supplie son cousin d'abjurer le protestantisme pour mettre fin à la guerre civile. Tantôt, il supplie les princes de jurer quand même fidélité au vaillant Henri IV comme il le fait lui-même. Dominé par son devoir de roi et de chrétien, il utilisera ses derniers vestiges de lucidité à suivre la messe et à préparer l'avenir de la France, véritable *« sujet de sa naissance »,* comme l'a dit Shakespeare. Quel crime ç'aurait été que de lui « voler sa mort » en abrégeant son agonie!

Ainsi, à l'intérieur du système catholique, aucun cas de conscience ne devrait se poser. Entre l'obéissance à Dieu et l'obéissance à lui-même, le vrai croyant ne devrait pas débattre et le prêtre ne devrait en aucun cas hésiter à trancher. Cela serait vrai d'une religion raide et dogmatique exigeant de ses fidèles une adhésion aveugle. Celle qui se veut la plus humaine des religions, celle que le Christ a prêchée pour redonner le pas à l'Esprit sur la lettre, cherche au contraire avec la plus grande souplesse à laisser s'épanouir toutes les aspirations humaines qui ne s'exercent pas pour le mal. Or, y a-t-il aspiration plus légitime, plus désintéressée que de vouloir porter secours à celui qui souffre devant vous, qui vous supplie et dont le séjour en ce monde touche de toute manière à sa fin?

Un courant de miséricorde s'est fait jour tout au long de l'histoire de l'Église pour ne pas assimiler l'euthanasie aux crimes justiciables de l'enfer. En Angleterre et aux États-Unis, des prêtres, des évêques mêmes se sont faits les apôtres de l'homicide par compassion, ou ont reconnu avoir prié pour la « délivrance de grâce » de patients incurables. Des téléspectateurs croyants nous ont écrit dans ce sens. L'un même, une Parisienne, espère être *« le grain de sable qui déclenchera la miséricorde des hommes » :*

« Votre émission, cher monsieur, étant courageuse, intelligente et utile, je vous écris estimant que c'est un devoir.

En mars 1958, ma sœur malade et se trouvant mal soignée par son docteur (il la soignait pour une dépression nerveuse) me demanda la visite du mien. Celui-ci, après l'avoir vue, me confirma ce que je pensais : c'était un cancer du foie. Ma sœur avait soixante-douze ans. Il me dit aussi : elle peut en avoir pour un mois, mais cela peut durer six mois et même plus...

Ma sœur était une femme forte, courageuse, intelligente et pas croyante. Quand les souffrances furent trop fortes, elle me demanda de lui faire une piqûre pour en finir. Mon mari me dit que je n'avais pas le droit; mon docteur aussi, bien sûr.

Malheureusement, ma sœur n'avait rien de malade et un cœur de centenaire... PENDANT DEUX ANS, je suis allée chez elle chaque matin pour la faire manger ce que je préparais : c'était son seul plaisir. Devant tant de souffrances, malgré le palphium à haute dose et des piqûres de morphine, elle réclamait d'en finir; mais, croyez-moi, elle se forçait malgré tout à manger pour vivre. Elle avait peur — comme tous les incroyants, je pense.

J'ai fait ce que j'ai pu. J'ai trouvé honteux de la laisser souffrir et devenir une ombre. J'ai supplié et enfin, fin juin 1960, vous lisez bien, j'ai obtenu un nom de médicament que j'ai substitué à la morphine... Elle est morte début juillet. Si j'ai pu lui éviter un jour seulement de souffrance, je suis contente de moi et j'estime que, si elle est partie, c'est parce que Dieu, enfin, m'approuvait.

Je comprends qu'il ne soit pas permis de le faire mais, dans un cas comme le mien où aucun intérêt n'était en jeu que simplement délivrer un malade incurable, les docteurs devraient avoir le même droit que les vétérinaires.

Si je peux être un grain de sable qui déclenchera la miséricorde des hommes, je n'aurai pas perdu mon temps ni fait perdre le vôtre en vous écrivant... »

J'ai fait ce que j'ai pu. Comme en cas de naufrage ou d'incendie, Mme D... a obéi à son instinct et non plus à la morale apprise. La charité chrétienne a parlé plus fort en elle que la morale chrétienne.

Qu'il y a plusieurs façons de pratiquer la charité chrétienne, notre enquête nous en a administré la preuve en nous faisant revivre une affaire d'euthanasie déjà ancienne dont les principaux personnages, plus encore que le meurtrier par compassion et sa victime consentante, avaient été un prêtre, un juge et un médecin — c'est-à-dire un représentant de chacun des trois grands ordres compétents en matière d'euthanasie.

C'est la lettre du médecin que nous avons trouvée la première dans notre courrier :

« Cher Monsieur,

Je me permets d'évoquer un cas particulier d'euthanasie qu'a eu à juger, en 1955, la cour d'assises des Alpes-Maritimes et dont le verdict semble avoir créé un précédent judiciaire puisque le meurtrier, ayant agi avec préméditation, fut purement et simplement acquitté.

Personnellement, j'ai été intéressé indirectement à l'affaire puisqu'en ma qualité de médecin-légiste j'ai procédé à l'autopsie de la victime. Évidemment, je ne possède pas tous les éléments du drame, mais je vais vous en tracer les principaux épisodes tels qu'ils m'ont été décrits.

L'épouse Gepponi Madeleine, née Terrosi, âgée d'une soixantaine d'années, est souffrante. Elle vit avec son mari, Gepponi Benedetto, dans une petite campagne de la vallée du Careï à Menton.

Son mal semble assez inexplicable : elle souffre et se plaint continuellement de cette souffrance. Son affection est vraisemblablement d'origine nerveuse et se traduit par des douleurs variées, diverses, sans localisation bien pré-

cise semble-t-il. Cette personne est grabataire sans que je puisse préciser si c'est sa souffrance qui la contraint à rester au lit ou bien si c'est une incapacité physique qui la rend infirme.

Son médecin, le docteur F..., de Menton, la fait hospitaliser à Nice, dans un service de neurologie. L'on craint une tumeur cérébrale; un trou de trépan dans le crâne est pratiqué mais n'apporte aucun renseignement valable.

Rentrée chez elle, elle prend des médicaments essentiellement sédatifs : largactil, lamaline. Pour la famille, elle souffre d'un " cancer ". Ses douleurs vont en augmentant; elle en arrive à supplier son mari de la faire disparaître. (Il ne faut pas oublier que les intéressés sont d'origine italienne et que de grandes paroles sont plus facilement prononcées pour traduire soit une souffrance, soit un désir.) Quoi qu'il en soit, le mari avise dans une revue hebdomadaire une publicité en faveur d'un pistolet de 22 long rifle qu'il commande en Alsace. L'arme arrive; une balle est peut-être pour essayer le fonctionnement; la deuxième balle sera pour tuer la femme, le coup de feu étant tiré à bout portant dans la région du cœur. Cela se passait le 8 octobre 1954, au soir. Et, sans difficulté, le meurtrier se remet entre les mains de la gendarmerie.

L'autopsie que je pratiquai sur la victime est intéressante en ce sens que je ne mis en évidence aucune affection organique macroscopiquement visible en évolution. Pas de cancer en particulier; tous les organes abdominaux, thoraciques et crâniens présentaient un aspect sain. Je n'observai aucun élément de cachexie : la victime était corpulente, donc s'alimentant certainement correctement.

Par contre, l'examen des pieds, offrant un aspect allongé en fuseau, prouvait que la victime ne devait plus marcher depuis un certain temps, état qui, par déduction, pouvait me faire avancer l'hypothèse d'une paralysie éventuelle des membres inférieurs par paraplégie, mais sans que l'autopsie pratiquée puisse en apporter des preuves objectives.

Il existait donc un doute sur la nature de l'affection dont souffrait cette malade. Pour le mari, il s'agissait d'un " mauvais mal ", d'un cancer autrement dit. L'autopsie a retiré toute valeur à ce diagnostic.

C'est un prêtre catholique qui a fait acquitter le meurtrier, l'abbé J... Je crois qu'il était ami de la famille et c'est à ce titre qu'il a été cité comme témoin. Je ne l'ai pas entendu dans sa déposition puisque étant moi-même témoin, en tant qu'expert, j'ai déposé après lui. Mais je sais qu'il a su convaincre les jurés en prenant la défense de l'accusé, disant en particulier que Dieu avait déjà pardonné le pécheur et qu'il ne restait plus aux jurés qu'à en faire autant.

L'accusé fut donc acquitté et, bien que le président du tribunal ait demandé au public de ne pas manifester à la lecture du jugement, ce dernier en grande partie applaudit cet acquittement. La semaine suivante paraissait dans Paris-Match un reportage photographié de cette affaire.

Je ne discuterai pas les raisons qui ont poussé ce prêtre à absoudre ce meurtrier en plein tribunal et ainsi fait certainement pencher la balance en faveur de Gepponi; elles sont peut-être valables sur le plan religieux, bien qu'un peu étonnantes.

Aussi, je me placerai essentiellement sur le plan médical pour vous dire ce que je pense de l'euthanasie pour la condamner, et ce cas particulier fournit des arguments à ma thèse, quand on sait que le doute peut être soulevé sur la nature même de l'affection dont souffrait la victime. Celle-ci était certes contrainte de rester au lit, malade chronique, peut-être paraplégique. L'autopsie a prouvé qu'elle n'était pas cancéreuse, contrairement à ce que semblait penser le meurtrier. Son corps n'offrait même pas un aspect cachexique, bien au contraire, ce qui indiquait qu'elle devait s'alimenter très correctement.

Elle souffrait certainement; l'important nombre de boîtes vides de médicaments analgésiques retrouvées à son chevet le prouve. Je crois qu'elle devait se plaindre beaucoup, peut-être accorder une valeur exagérée à son mal et en persuader son entourage.

Mais ces arguments sont-ils suffisants pour expliquer un acte euthanasique à l'encontre de cette malade? Peut-être que le mari la croyait cancéreuse; mais alors, devant ce doute, devant aussi peut-être cette erreur de diagnostic, peut-on supprimer quelqu'un sous le prétexte qu'ON LE CROIT médicalement parlant condamné?

Nul n'est infaillible, et le médecin comme les autres humains peut être induit en erreur. Et, à partir du moment qu'il n'existe rien d'absolu, en médecine comme ailleurs, il est inconcevable que l'on puisse penser euthanasie là où il pourrait exister un doute.

Je sais qu'il est dur, difficile à supporter de voir souffrir son semblable, mais la médecine moderne est suffisamment armée pour soulager la souffrance, d'où qu'elle vienne.

La vie est, pour nous autres médecins, le bien le plus sacré que nous devons préserver, même si l'on sait que le temps est compté pour celui que nous avons à soigner, à apaiser. Car contre tout désespoir, il est toujours possible d'espérer et d'aider aussi ceux qui souffrent à espérer envers et contre tout... »

Étrange procès où c'est le médecin qui, au nom de l'espérance, condamne (et accuse même le prévenu d'une sorte d'erreur judiciaire), où c'est le procureur (comme nous le verrons plus tard) qui suggère l'acquittement et où c'est le prêtre qui prend parti publiquement contre les principes sacro-saints prônés par son Église!

Il a d'ailleurs provoqué une grande émotion dans le monde entier, ce procès, et surtout du fait de l'intervention d'un prêtre catholique romain en faveur d'un homme reconnu coupable d'euthanasie. Tous les pays s'en firent l'écho dans leur presse. L'abbé J... reçut des lettres de félicitations ou de menaces du monde entier. Le Vatican finit par s'émouvoir de ce tapage. L'abbé reçut, par le canal de son évêque, une mise en garde qui ressemblait à un reproche et *l'Osservatore Romano,* organe officieux du Saint-Siège, précisa que *« ou bien cet homme savait ce qu'il faisait et c'était un criminel, ou bien il ne le savait pas et il était fou... ».*

L'abbé J..., de son côté, nous avait écrit. Nous sommes allés lui rendre visite dans la petite paroisse du centre de la France où il est retiré. C'est un homme solide, au visage bon, à la démarche d'aumônier militaire.

« Gepponi était un saint, nous dit-il. *Je connaissais le couple depuis une dizaine d'années. Pendant huit ans, j'ai pu suivre leur calvaire...*

– On a affirmé qu'il n'était pas prouvé que la malade fût incurable.

– Si les médecins avaient été capables de la guérir, ils ont eu tout le temps de le faire. Croyez-moi : on souffre de voir souffrir. Gepponi devenait fou. Savez-vous quelles ont été ses premières paroles après son acte? Il a dit : " Je ne regrette rien, j'ai sauvé Madeleine de la vie. "

– On a dit aussi qu'au procès vous aviez outrepassé les limites du simple témoignage qui vous était demandé.

– Je me suis fait l'avocat de Gepponi, oui, c'est vrai. J'ai prononcé une véritable plaidoirie. J'ai dit, parce que je le croyais, qu'il ne fallait pas voir en ce pauvre homme un criminel mais le complice inconscient d'un suicide... puisque sa femme demandait, implorait la mort. Mais le procureur de la République lui-même n'a-t-il pas abondé dans mon sens, puisqu'il a terminé ce qui aurait dû être un acte d'accusation en disant qu'il savait bien que c'était une chose de discuter froidement de cette question autour d'une table ou même dans un prétoire, autre chose de se trouver avec quelqu'un qu'on aime et qui vous supplie de mettre fin à ses souffrances.

– On a dit surtout que vous vous étiez, en quelque sorte, " mêlé de ce qui ne vous regardait pas ", en oubliant que la soutane que vous portez vous impose une certaine discipline...

L'abbé J... crispe les mâchoires.

Je déteste toutes les formes d'hypocrisie. J'ai toujours dit ce que je pensais, même s'il devait m'en cuire. Et je vous assure que je n'ai pas eu la vie facile après mon témoignage au procès de Nice. On n'aime pas le bruit dans l'Église!

Mais, pour moi, l'Église est humaine avant tout. Elle doit considérer la réalité vivante, palpitante et non juger avec des textes. Il y a des circonstances où il faut être un homme avant d'être un curé.

– Et, comme homme, vous êtes favorable à l'euthanasie?

– Absolument pas! Je me souviens d'avoir, il y a quinze ans, bien avant le drame des Gepponi, condamné le principe de l'euthanasie dans une conférence que je faisais à la cathédrale de Monaco. Je disais, et j'en reste persuadé aujourd'hui, qu'admettre l'euthanasie, ce serait arriver, par une pente fatale et rapide, à la justification des chambres à gaz hitlériennes... Mais je crois aussi que, dans ces drames de conscience, tout est cas d'espèce.

Et l'abbé J... a conclu, en nous raccompagnant :

Croyez-moi, la croix est très lourde à porter pour celui qui a donné la mort par compassion. Plus lourde encore que pour celui qui aurait pu abréger des souffrances insupportables et qui ne l'a pas fait. »

Oui, il n'est pas rare que des prêtres sachent trouver des circonstances atténuantes pour celui qui a transgressé l'un des commandements divins les plus absolus, le *« Tu ne tueras pas »*. Là encore, il y a la théorie, la lettre – le dogme, en l'occurrence – et en face la vie, la réalité de tous les jours avec ces cas de conscience déchirants que fait naître l'apparition de la souffrance sur le champ de bataille de la vie et de la mort.

12
Puisque telle est la loi...

Il nous reste à examiner le problème légal que pose l'euthanasie. Malheureusement, alors que lettres et témoignages ont afflué dans tous les autres domaines, nous manquons totalement de documents dans celui-là. Seul, un avocat nous a écrit une lettre passionnante. (Il avait, par sa plaidoirie, obtenu l'acquittement de son client, coupable d'euthanasie, alors que sa conscience d'homme condamnait l'acte dont il s'était fait le défenseur!) Malheureusement, il s'abritait derrière le secret professionnel pour nous empêcher d'utiliser de façon plus explicite ce témoignage privilégié.

On peut s'étonner que des milliers de Français, des centaines de médecins, des dizaines de prêtres nous ayant livré spontanément et en toute confiance le fond de leur pensée, aucun représentant de la loi (sauf un seul, paralysé par les liens subtils de son code professionnel) n'ait cru bon de venir nous parler d'expérience vécue ou de profession de foi longuement mûrie au sujet de l'euthanasie. On peut s'étonner davantage encore que le public, lui non plus, n'ait jamais envisagé la question sous son aspect juridique et légal et l'ait à peine abordée sous son aspect judiciaire alors que les lecteurs des journaux semblent se passionner pour les grands procès qui tournent autour du crime euthanasique. Car enfin, pratiquement, une fois débattus tous les drames de conscience et tous les attendus psychologiques, moraux, médicaux, philosophiques et religieux, tout ne devrait-il pas se résumer à la question suivante : à la lumière de cet examen complet des faits, des motifs et des conséquences, doit-on modifier la loi française en matière d'euthanasie?

Elle est rigoureuse, cette loi, si l'on s'en tient aux termes du Code pénal dont l'article 295 affirme que *« l'homicide commis volontairement est qualifié meurtre »,* l'article 296 précisant que *« tout meurtre commis avec préméditation ou guet-apens est qualifié assassinat ».* La sanction prévue pour l'assassinat est la peine de mort; pour le meurtre sans préméditation, les travaux forcés à perpétuité. Il est évident que, dans le cas de la mort par compassion, lorsque le désintéressement et la valeur morale de l'agent du crime sont prouvés absolument, les circonstances atténuantes peuvent être accordées. Quel est leur effet? De remplacer la mort par les travaux forcés s'il y a eu préméditation, les travaux forcés à perpétuité par les travaux forcés à temps ou la prison si le meurtre a été accompli sans préméditation. L'adoucissement est donc bien léger (et, de toute façon, on imagine mal comment l'acte euthanasique pourrait être accompli sans préméditation, sans même une *longue* réflexion, une *longue* préparation...).

Mais, dira-t-on, lorsque le consentement de la victime est prouvé, lorsque c'est pour obéir à ses prières que l'accusé a agi? Il devrait y avoir là plus que des circonstances atténuantes : une raison d'absoudre. La justice théorique, pourtant, demeure aussi raide.

Le 2 août 1816, un arrêt de la Cour de cassation rejeta le pourvoi d'une fille Leruth, poursuivie pour tentative d'assassinat parce qu'elle avait obéi aux supplications de son ami qui lui demandait d'enfoncer un bistouri dans sa poitrine [1].

1. Nous empruntons ce cas — et la plupart des exemples et des citations de ce chapitre — à l'ouvrage de Me Raymond Charles, *Peut-on admettre l'euthanasie?* (Enseignement et Perfectionnement techniques), qui est certainement le livre le plus complet qui ait paru en France sur la question.

Le 11 novembre 1827, la Cour suprême rejeta le pourvoi d'un condamné à mort, le nommé Lefloch, qui possédait cependant une déclaration de la main de la victime certifiant que la mort lui avait été donnée sur son ordre exprès; pour les magistrats, *« le fait constituait non une complicité de suicide, mais un meurtre nullement excusé par la loi... »* et *« aucune volonté particulière ne saurait absoudre ou rendre licite un crime contre les personnes, les lois protégeant la vie des hommes étant d'ordre public ».*

Le suicide collectif manqué lui-même ne joue pas légalement en faveur de l'accusé. En 1838, deux amants ayant résolu de se donner la mort, l'homme tint d'une main un pistolet sur la poitrine de sa compagne, de l'autre l'autre pistolet sous son propre menton; la femme, qui avait donné l'ordre de tirer, était morte, mais son ami avait été sauvé — pour être finalement condamné, le procureur général ayant résumé ainsi son affaire : *« Dans l'espèce, c'est un homme libre et indépendant qui accepte de donner la mort à son semblable, et un pareil acte serait licite?... »*

On conçoit d'ailleurs l'embarras des juges : quel recours conserve-t-on contre ceux qui ne peuvent plus être réellement punis puisqu'ils ne tiennent plus à la vie et sont déjà bien au-delà de la justice des hommes?

Le 26 février 1951, à Bondy, Suzanne Ouf, cinquante-sept ans, tuait au gaz d'éclairage sa mère impotente qu'elle avait soignée avec dévouement jusque-là mais qui l'avait suppliée de la supprimer. Suzanne Ouf, qui avait tenté de se donner la mort en même temps que sa mère mais qui avait été ranimée, bénéficiait d'un non-lieu pour déficience mentale. Rentrée chez elle, elle se suicidait au gaz le 22 octobre!

Il reste que la loi, dans sa rigueur, peut paraître odieuse et susceptible d'une réforme. Telle qu'elle est, quelle autre issue que le suicide laisse-t-elle à ceux qui ont pensé « en leur âme et conscience » que l'euthanasie leur était en quelque sorte *ordonnée?* Ne risque-t-on pas de voir se multiplier les cas dramatiques comme celui de cette grand-mère qui s'asphyxia au gaz d'éclairage en même temps que sa petite-fille, débile mentale incurable âgée de cinq ans, pour préserver l'avenir des jeunes parents?

Notre Code pénal est-il le seul au monde à faire preuve de cette absence de nuance? Pas le seul, mais l'un des rares. Deux de nos voisins les plus proches, les Belges et les Britanniques, partent eux aussi du principe qu'un meurtre reste toujours un meurtre, même si c'est la pitié qui l'a inspiré, même si c'est la victime qui l'a imploré comme une délivrance. Tous les autres font une place à part à l'euthanasie – et c'est pour autoriser une plus grande indulgence au moment du jugement. Citons quelques extraits du tour d'horizon auquel se livre Me Charles :

« Toute personne " qui a aidé quelqu'un à se suicider ou lui en a fourni les moyens avec connaissance de cause " sera punie de deux à six années d'emprisonnement, énonçait l'article 190 du Code du Brésil, reproduit par l'article 548 du Code de la Louisiane. Et le Code pénal espagnol de 1870, article 335, disposait : " Celui qui aiderait un autre individu à se suicider sera puni de la prison majeure : s'il avait aidé jusqu'au point de le mettre lui-même à mort, il sera puni de la réclusion temporaire à son degré inférieur. " Le Code néerlandais de 1881, article 294 : " Celui qui, avec intention, excite un autre au suicide, l'aide à le commettre ou lui en procure les moyens, est puni, si le suicide a lieu, d'un emprisonnement de trois ans au plus. " L'article 283 du Code hongrois, la même année, était conçu dans les mêmes termes. Le Code pénal italien de 1930 (article 580) frappe d'une peine atténuée (six à quinze années de réclusion) l'homicide commis avec le consentement de la victime. De même les Codes de Norvège (§§ 23 et 236), de Pologne (art. 227) et du Danemark (art. 239), prévoient des allégements de pénalité en cas d'homicide par pitié... L'article 157 du Code pénal péruvien, mis en vigueur en 1924, exempte de toute peine celui qui, pour des mobiles altruistes, engage

autrui au suicide ou y coopère : seul est puni celui qui était animé de motifs égoïstes. L'article 37 du nouveau Code pénal de l'Uruguay permet au juge d'exempter de toute peine l'auteur de l'homicide commis " pour des motifs de pitié... ". Le Code pénal tchécoslovaque étendait l'euthanasie au cas de souffrance physique quelconque pourvu qu'elle soit incurable et donnait au juge toute latitude pour l'appréciation et même pour la suppression de la peine, mais seulement s'il était prouvé que l'acte homicide avait été exécuté à la demande libre, sincère et pressante de la victime. »

Et les deux « Grands »? L'euthanasie a connu un sort à peu près semblable dans les textes juridiques américains et soviétiques. Aux États-Unis, en 1906, le parlement de l'État d'Ohio vote en première lecture un texte spécifiant que : *« Toute personne atteinte d'une maladie incurable accompagnée de grandes douleurs peut demander la réunion d'une commission composée d'au moins quatre personnes, qui statueront sur l'opportunité de mettre fin à cette vie douloureuse. »* Quelques mois plus tard, le parlement d'Iowa vote une loi semblable mais plus large encore puisqu'elle s'étend également aux enfants mal conformés et idiots. Pourtant, lorsqu'il eut à se prononcer à son tour, le Congrès de Washington prit une position totalement opposée.

En URSS, le Code pénal de 1922 libérait de toute peine l'acte d'homicide commis pour des motifs de pitié à la demande de la victime (par une note suivant l'article 143). Mais, quelques mois plus tard, une décision de la VIe session du Comité exécutif central panrusse abrogeait cette note qui *« avait eu pour conséquence de faire apparaître des actes notoirement nocifs pour la société »*. On revenait donc au *statu quo ante,* c'est-à-dire que le meurtrier par compassion était seulement autorisé à bénéficier des circonstances atténuantes.

Dans les deux cas, on constate un coup de frein, un retour en arrière. Tout se passe comme si le législateur avait peur d'ouvrir toute grande une porte qu'il serait pourtant injuste de laisser complètement fermée. N'est-il pas significatif qu'en Allemagne nazie l'édition du Code pénal publiée en mars

1944, alors que les camps de la mort avaient déjà fait des milliers de victimes, n'ait pas cru devoir donner l'absolution à l'euthanasie :

« Le droit d'accorder la mort (euthanasie) en remplacement d'une mort douloureuse et susceptible de durée, à la suite d'une maladie ou d'une blessure, par une mort moins douloureuse, ne permet pas au médecin ou à toute personne qui l'exécute d'être exempt de sanction, selon la loi actuellement en vigueur.

Cela s'applique également à la dernière période de la vie, lorsque la mort est imminente, et même si la personne qui meurt demande à être délivrée. L'article 216 peut cependant servir à une réduction de peine pour cette dernière action.

D'autres moyens de détruire une vie sans valeur, tels que l'extermination des anormaux de l'esprit incurables, ne peuvent échapper à une peine qu'en cas de changement de législation. »

Ainsi ni l'esprit de libéralisme qui anime traditionnellement les États-Unis, la Grande-Bretagne et la France, ni l'esprit social qui inspire les réformes soviétiques, ni même l'esprit d'efficacité collective qui présidait à l'Évangile selon Hitler n'ont réussi à sanctifier légalement cet acte dont nous avons pourtant constaté nous-même par de nombreux exemples qu'il peut représenter dans certains cas le sommet du courage, du désintéressement et de la bonté. C'est un petit pays, la Suisse, qui semble avoir examiné avec le plus d'humanité et de largeur de vues ce délicat problème. Jamais, selon le Code pénal fédéral, l'acte euthanasique ne peut être assimilé à un assassinat commis par un agent particulièrement pervers ou dangereux. Jamais non plus, il ne peut échapper totalement aux rigueurs de la loi, mais ces rigueurs risquent d'être singulièrement adoucies puisque le texte prévoit que celui qui, sur la demande sérieuse et instante d'une personne, lui aura donné la mort, sera puni seulement d'emprisonnement avec un maximum de trois ans. Quatre articles du Code suisse sont consacrés à l'examen de cet acte complexe, terrible et contradictoire qu'est l'euthanasie!

Ainsi, là où le Pérou, l'Uruguay et la Tchécoslovaquie ont formellement reconnu une exception à la règle jusqu'alors absolue « Tu ne tueras pas »; là où le Brésil, l'Espagne, la Hollande, la Hongrie, l'Italie, la Norvège, la Pologne, le Danemark, la Suisse admettent avec plus ou moins de nuances les circonstances atténuantes, la France demeurerait figée dans une attitude négative de condamnation pure et simple, sans examen des motifs, sans possibilité d'absoudre celui qui se présente en accusé et n'est parfois qu'une victime?

C'est que la loi, en France, est faite par des gens dont le métier est d'être méfiants, soupçonneux même, et qu'il est peu de domaines où le soupçon puisse se glisser aussi aisément qu'en cette matière de l'euthanasie. Comment prouver absolument que la victime consentait réellement à mourir? Me Raymond Charles résume parfaitement les arguments psychologiques qui légitiment le manque de générosité apparent des juristes français.

« Par-delà les motifs juridiques, la raison psychologique de l'ostracisme qui, en droit criminel, frappe chez nous le consentement de la victime dans l'euthanasie est la défiance dont – souvent à juste titre – on entoure la notion même de la mort par compassion. Qui sait si le patient, en demandant qu'on le tue n'a pas cédé à un moment de découragement? Comment discerner si ce n'est pas précisément le meurtrier qui a provoqué cette lassitude de vivre? Un mari vient de mettre un terme au calvaire de sa femme, par pitié, dit-il, car depuis plusieurs mois elle le suppliait de la délivrer : comment ne pas le soupçonner d'avoir été lui-même excédé de passer son existence à la soigner jour et nuit? " Elle lui a demandé de la tuer, soit, mais peut-être y a-t-elle été réduite, se rendant compte qu'elle était une gêne. Et celui qui semblait la plaindre devient le plus fourbe des bourreaux. Comment savoir si des enfants qui ont supprimé un père vieux et

infirme... ne sont pas cause de cette demande (de mourir) par leurs mauvais traitements, leur dureté, leurs récriminations incessantes[1]*?* "

La conscience, poursuit Raymond Charles, *se révolte à l'idée que des assassinats sournois, dictés par l'égoïsme de l'agent, pourraient rester impunis. Ce qu'implique l'attitude méfiante des juristes, c'est en somme la crainte de commettre une injustice par omission, en s'abstenant de rechercher et de châtier les vrais coupables qui se dissimulent derrière le paravent commode de l'euthanasie. »* Et notre auteur rappelle, entre autres, la fameuse « affaire Danigno » où les juges ont cru de leur devoir de ne pas retenir les motifs humanitaires invoqués par l'accusée.

On se souvient peut-être que le 2 octobre 1950, à Monaco, une garde-malade, la veuve Danigno, avait asphyxié au gaz d'éclairage Mme Silberberg, sa patronne, qui avait quatre-vingt-quatre ans et était paralytique. Devant le tribunal criminel de Monaco, l'accusée prétendit avoir obéi par charité aux supplications de sa patronne. L'acte ayant eu lieu la veille du congédiement de la garde-malade, le tribunal ne retint rien de la version euthanasique invoquée et la veuve Danigno ne dut qu'à son âge et à ses bons antécédents d'être condamnée à cinq années de prison seulement.

Ainsi, l'euthanasie pourrait parfois être utilisée comme un paravent et recouvrir les crimes les plus monstrueux! Cela aussi, il appartenait à notre enquête de nous le prouver, de nous faire connaître non pas un texte écrit, une hypothèse théorique, un rapport de seconde main, mais une personne vivante qui pense avec horreur aujourd'hui qu'elle a failli être l'instigatrice d'un assassinat déguisé en acte charitable sur la personne de sa propre mère!

Mme A... habite la banlieue parisienne. C'est une femme

1. *Le Suicide,* Albert Bayet, Thèse de Lettres, Paris, 1927.

d'une quarantaine d'années aux cheveux gris, à la silhouette voûtée, usée par le travail — elle est femme de ménage — et par la dureté de la vie. Elle habite une maison-caserne sans joie et nous reçoit au lit, relevant d'une pleurésie.

Elle nous avait écrit une lettre embrouillée et pleine de fautes de syntaxe et d'orthographe. Entre les lignes se devinait un terrible drame familial qui avait laissé des traces profondes dans le cœur des principaux protagonistes maintenant que tout était rentré dans l'ordre. Manifestement ce que Mme A... désirait, c'était que nous lui rendions visite et qu'elle puisse nous raconter, nous confesser cette histoire qui avait été la grande affaire de sa vie...

Elle a parlé, parlé et à mesure qu'elle se soulageait c'était un véritable roman qui prenait forme, un roman dont elle ne semblait pas elle-même ressentir toute l'horreur malgré le rôle essentiel qu'elle y avait joué, un roman qu'il nous a bien fallu résumer.

« Cela se passait il y a dix ans. Ma mère était atteinte d'un cancer de l'estomac. Elle ne s'alimentait plus, n'était plus capable d'avaler que quelques médicaments, en particulier du bismuth. Elle était arrivée à peser 28 kilos. Le médecin la pensant perdue lui ordonnait ce qu'elle-même trouvait le meilleur pour soulager ses souffrances.

Chez nous, c'était l'enfer. Son caractère s'était tellement aigri que tout le monde, je crois, la détestait : mon frère, ma sœur et surtout mon père qui souhaitait refaire sa vie ailleurs et pour qui elle ne représentait plus rien d'autre qu'un obstacle. Quand je les entendais parler entre eux à voix basse, je devinais bien le sens de leurs murmures : ils trouvaient qu'elle mettait bien longtemps à mourir! Moi, je n'arrivais pas à détester ma mère, aussi acariâtre qu'elle soit devenue, mais je souhaitais aussi sa mort, de tout mon cœur.

A ce moment-là, nous avons déménagé. En changeant de banlieue, nous avons changé de docteur. C'est un jeune médecin plein de zèle qui nous a rendu visite. Il a fait faire des radios et nous avons été convoqués chez le chirurgien. J'y suis allée seule parce que les autres n'étaient pas courageux, surtout mon père. Il m'a expliqué que maman avait une tumeur au pylore et qu'il fallait l'opérer. " Nous ne la sauverons sans doute pas, m'a-t-il dit, mais nous la soulagerons. "

Quand nous nous sommes retrouvés en face les uns des autres, mon père, mon frère, ma sœur et moi et que j'ai expliqué ce que le chirurgien m'avait dit, j'ai compris que les autres ne voulaient pas entendre parler d'opération. J'ai deviné peu à peu pourquoi : ils avaient peur qu'on la sauve. *Moi j'étais certaine qu'elle ne supporterait pas l'intervention – et que cela valait mieux pour elle. Alors j'ai supplié mon père de toutes mes forces de laisser faire les médecins et je lui ai juré que je demanderais au chirurgien de lui faire une piqûre au lieu de l'opérer et que comme cela tout serait fini.*

Le chirurgien, je n'ai pas pu le voir. L'opération a très bien réussi. Il a fallu en faire une seconde quelques mois plus tard – en le cachant à mon père – pour une occlusion intestinale. Maintenant, ma mère est complètement rétablie : elle ne souffre plus, elle mange de tout, elle a grossi. Son caractère est redevenu beaucoup plus doux et mon père s'est résigné à finir sa vie à la maison.

Quand je pense qu'il y a dix ans, s'il le fallait, j'étais prête à faire moi-même la piqûre... J'ai beaucoup réfléchi depuis, beaucoup changé aussi. Maintenant je crois qu'il ne faut pas avoir de cœur pour souhaiter la mort de quelqu'un même qui souffre beaucoup, même qui vous rend la vie difficile... »

Oui, ce n'est pas seulement dans les livres que des histoires pareilles existent! La vie, dans sa diversité, fourmille d'exemples sublimes mais aussi de drames atroces qui donnent raison au législateur chargé de rédiger la loi pour « les hommes tels qu'ils sont » et non « tels qu'ils devraient être ». Comme on comprend mieux à la lumière de cette confession le coup de frein donné par les législations américaine et soviétique!

Innocenter totalement l'euthanasique, c'est risquer d'absoudre – et même d'engendrer – des criminels de la pire espèce. L'euthanasie ne deviendrait-elle pas l'instrument privilégié de ce que les auteurs de romans policiers appellent « le crime parfait »?

A côté de cet argument pratique, il existe un autre argument plus théorique mais qui donne également à réfléchir, un argument que le professeur Portes a baptisé : « le danger de glissement », glissement de l'euthanasie individuelle à l'euthanasie de série. Et il écrit :

« ... Comment défendre au médecin d'emprunter ces avenues dangereuses qui mènent de l'euthanasie de l'agonique à celle de l'incurable, puis de l'euthanasie privée à l'euthanasie collective? Comment, alors, ne pas aboutir à l'euthanasie pénale qu'on limite d'abord aux grands criminels, pour l'étendre ensuite à la foule des délinquants tenus pour anormaux; et comment ne pas redouter enfin, et à l'extrême, l'euthanasie frappant telle ou telle collectivité raciale?

Nous voyons donc que ce texte, pourtant si limité, dont nous imaginions tout à l'heure, sans idée préconçue, la naissance juridique, renferme en puissance un pouvoir explosif dont nous ne pouvons guère mesurer les dangers.

Dès l'instant, en effet, où l'on cesse de respecter l'ultime parcelle d'une seule vie, n'est-on pas entraîné infailliblement sur la pente qui conduit à les mépriser toutes? »

On peut longuement discuter sur cet « infailliblement ». Il reste que la question que nous posions tout à l'heure peut se retourner totalement : n'est-ce pas précisément pour rester fidèle à sa tradition d'humanisme que la France s'oppose à la reconnaissance légale de l'euthanasie?

D'ailleurs, cette reconnaissance est-elle souhaitable? Nous venons de passer en revue les inconvénients qu'elle comporterait et qui sont liés à la nature humaine elle-même : une loi qui considérerait les hommes comme des anges ne serait-elle pas utopique ou, en tout cas, prématurée? D'autre part, quels seraient les avantages de cette réforme? De permettre d'acquitter des innocents dont la bonne foi serait évidente? Nullement, puisque si, dans les textes, le coupable d'euthanasie est considéré comme un criminel et justiciable à ce titre des sanctions les plus lourdes, dans les faits les grands procès d'euthanasie se terminent souvent dans notre pays par un acquittement ou une peine de principe.

Souvenons-nous de l'affaire Faïta, de l'affaire Gepponi, de l'affaire Huzar longuement évoquées dans ce livre. Remontons dans le temps pour rappeler que, le 31 mars 1954, la cour d'assises d'Alger acquittait M. Mohamed Sekal qui avait tranché la gorge de sa compagne pour mettre un terme à ses souffrances sans espoir; le 4 novembre 1929, la cour d'assises du Var acquittait le jeune Richard Corbett qui, le 7 mai précédent, avait mis fin aux tortures de sa mère, cancéreuse incurable; le 7 février 1925, à Paris, la pianiste Stanislawa Oninska, qui avait tué d'un coup de revolver son ami, l'écrivain Jean Zinowski, qui, atteint d'un cancer, la suppliait d'abréger son martyre, était acquittée; le 28 septembre 1909, la cour d'assises de la Seine acquittait l'ouvrier Baudin, la preuve ayant été faite que l'accusé, d'une nature très suggestible, n'avait fait qu'obéir à son épouse en lui donnant la mort.

Il y a donc une contradiction flagrante entre les textes de la loi et leur application, une opposition ahurissante entre les conceptions rigoureuses des magistrats et l'appréciation empreinte de clémence des jurés. Comment s'expliquent-elles? Il nous fallait le comprendre, bien que notre propos de départ n'ait jamais été de nous plonger dans les arcanes du droit criminel français. Nous ne pouvions rester indifférents devant l'énigme placée sur notre chemin et qui pouvait se formuler ainsi : comment un tribunal peut-il acquitter un prévenu que la loi considère de façon inéluctable comme un assassin?

La réponse est simple : par un véritable jeu sur les mots. En effet, les jurés se trouvent enfermés, comme l'a parfaitement démontré Me Charles, dans ce qu'il a appelé un « questionnaire-traquenard ». Lorsqu'en fin de débats leur est posée la question rituelle : « L'accusé est-il coupable d'avoir commis un meurtre sur la personne de M. ou Mme X...? », ils savent que s'ils répondent « oui », la loi les conduit ensuite obligatoirement, même en accordant les circonstances atténuantes, à une sentence très lourde. Comment le feraient-ils si tous les témoignages ont concordé pour faire de l'accusé un être bon et pur qui, après un débat de conscience douloureux, a agi par charité et en endossant pleinement la responsabilité de son acte? Mais, d'autre part, comment « en leur âme et conscience » pourraient-ils nier la culpabilité de la personne qui, d'elle-même, est venue se livrer à la justice en affirmant : « Je suis coupable »? Ils n'ont qu'un seul recours, celui de tourner la loi, celui de faire semblant de croire que la question qui leur est posée est la suivante : « L'accusé est-il coupable *en* ayant commis un meurtre, etc.? » Puisque ses motifs sont généreux et désintéressés, comment serait-il coupable *moralement?* On répond donc « Non » à la question et l'on va – en toute justice et contre toute logique – vers un verdict dont l'indulgence scandalisera parfois l'opinion.

Comme on comprend que Me Isorni ait déposé en 1952 sur le bureau de l'Assemblée nationale un projet de loi tendant à autoriser les jurys à appliquer la peine qui leur paraîtrait juste, sans être tributaires des règles étroites du Code pénal! Ce n'est plus malgré la loi mais en accord avec elle que les malheureux jurés (qui doivent déjà faire face à des cas de conscience surhumains) pourraient rendre la justice.

Observons, pour clore ce chapitre, qu'en résolvant cette énigme nous avons trouvé aussi, involontairement, la réponse à une autre énigme, celle que nous posait l'indifférence apparente de nos milliers de correspondants devant le problème légal de l'euthanasie. Elle n'était pas seulement apparente, cette indifférence : elle était réelle! Pourquoi irait-on se battre sur la modification d'un article de loi alors que, de toute façon, ce n'est pas selon la loi mais selon la morale que le jugement est rendu? Pourquoi discuter théorie quand les faits contredisent la théorie? Grâce à la souplesse du système judiciaire français – souplesse que désapprouvent certains magistrats – l'euthanasie redevient malgré les textes ce qu'elle est de toute évidence : un drame individuel, un cas d'espèce auquel aucune juridiction générale ne peut s'appliquer parfaitement, l'issue d'un long combat intérieur où les raisons du cœur l'emportent souvent sur les raisons de la raison et qu'il faut juger avec son cœur autant qu'avec sa raison.

13
La part du feu

Au moment de conclure, imaginez de nouveau nos deux journalistes. Ils s'interrogent. Ont-ils bien mené leur enquête? Ont-ils répondu aux questions que se pose le public au sujet de l'euthanasie? Ont-ils éclairé suffisamment le problème à la lumière de la masse de documents vivants que leur a value la confiance des amis invisibles de la télévision? Que leur a apporté à eux-mêmes cette enquête : a-t-elle modifié plus ou moins leur façon de penser, leur comportement dans la vie? C'est à toutes ces questions qu'il faut répondre maintenant.

Le premier projet que nous avions formé était celui d'une émission de télévision. C'est-à-dire que notre rôle consistait à mettre en scène et à animer un grand débat entre Français sur le drame vécu de l'euthanasie. Les circonstances nous ont conduits à faire de cette émission une enquête journalistique. Notre rôle devenait dès lors d'organiser cette matière qui nous avait été confiée, de choisir et de commenter les témoignages de manière à permettre au lecteur de vivre cette réalité dans toute sa complexité. Enfin, nous avons décidé d'en faire un livre et notre rôle, une nouvelle fois, se transformait. Il s'agissait désormais d'approfondir le sujet à partir de ce qui était pour nous au départ l'essentiel, c'est-à-dire les témoignages. Il fallait résumer les différentes positions théoriques prises sur la question et les confronter avec les expériences humaines dont nous avions reçu la confession. Peu à peu, nous devenions, sans l'avoir précisément voulu – et seulement pour rester dignes de la confiance qui avait été placée en nous — des *spécialistes* de l'euthanasie. Nous dont la spécialité est de ne pas en avoir, de nous plonger avec passion pendant quelques semaines dans la préparation d'un sujet que nous faisons traiter par des experts puis que nous oublions aussitôt terminé pour nous plonger dans le sujet suivant, nous devenions à notre tour des experts, de ces gens à qui l'on demande : « Vous qui avez beaucoup étudié le problème de l'euthanasie, qu'est-ce que vous en pensez? »

Ce que nous en pensons? Quelques évidences, peu nombreuses, nous sont apparues. Et d'abord qu'en mettant le doigt sur la question de l'euthanasie nous avions rejoint l'un des grands courants de préoccupation modernes. Dans l'état actuel des connaissances biologiques d'une part et de l'évolution morale d'autre part, il est devenu parfaitement légitime de lever le tabou qui a longtemps pesé sur l'euthanasie et ne plus en parler comme du crime absolu qui transgresse toutes les lois civiles et religieuses et dont l'agent ne peut être qu'un monstre repoussant. Très caractéristique en ce sens est la création d'un Institut de la Vie dont le programme est d'étudier les grands problèmes que pose la civilisation par rapport à la vie, l'euthanasie figurant au premier rang de ces problèmes.

En effet, on sait aujourd'hui, comme l'a admirablement résumé Jean Rostand, que le bien le plus précieux de l'humanité, son patrimoine héréditaire, va se dégradant lentement et qu'il est donc de l'intérêt supérieur de la race humaine de mettre obstacle à la liberté de reproduction de certains êtres (et donc, indirectement, à l'apparition sur terre de certains autres). On sait aussi que le drame de la venue au monde des enfants anormaux deviendra fatalement de plus en plus fréquent, à cause des progrès de la science : les chimistes ont découvert des médicaments presque aussi dangereux que salutaires; les atomistes sont les auteurs d'une révolution dont la nocivité apparaît plus clairement encore que les bienfaits à l'heure actuelle; les médecins eux-mêmes, en sauvant de plus en plus de vies, font pièce à la sélection naturelle et permettent de vivre et de durer à des êtres qui n'ont plus rien d'humain. Notre siècle a opéré de si nombreuses transformations sur l'homme que les problèmes moraux soulevés ne peuvent plus être résolus avec les anciennes formules. C'est presque une nouvelle réalité que nous devons apprendre à regarder en face et il faudra vraisemblablement des dizaines d'années sinon des siècles à nos semblables pour construire un nouvel humanisme sur le nouvel homme. L'euthanasie semble devoir être l'une des clefs de voûte du futur édifice.

Une autre évidence à laquelle il nous a fallu nous rendre c'est, au-delà de la complexité du problème, complexité que nous imaginions assez bien, son ambiguïté. C'est avec un sentiment de gêne et d'une façon souvent évasive qu'un certain nombre de personnalités éminentes sur le plan moral et médical nous ont répondu lorsque nous les avons sollicitées. L'examen des textes de lois auquel nous nous sommes livrés nous a fait constater, lui aussi, une sorte de décalage entre la réalité palpitante dont nos correspondants nous entretenaient et les dispositions du législateur. Ce décalage, il serait facile et injuste de l'attribuer à l'hypocrisie, une hypocrisie qui caractériserait aussi bien le régime socialiste que le régime capitaliste puisque nous avons eu l'occasion de déceler le même coup de frein, le même retour en arrière dans la législation soviétique et dans la législation américaine!

Alors pourquoi, dans la plupart des pays du monde, la loi paraît-elle embarrassée devant le problème de l'euthanasie? Pourquoi les médecins du monde entier s'abritent-ils derrière un serment ou un credo aux termes ambigus et périmés? Pourquoi l'Église impose-t-elle à ses fidèles de rattacher à un commandement absolu une situation qui est par définition relative et où la charité chrétienne joue un rôle essentiel? Pourquoi? Parce qu'il est difficile de faire autrement devant la gravité de l'acte euthanasique. Donner le droit de tuer, officialiser une forme de meurtre — quelle qu'elle soit, quels que soient les motifs qui l'inspirent —, c'est libérer l'un des plus vieux instincts de l'humanité, c'est déchaîner le démon qu'en chacun de nous des siècles de civilisation et des années d'éducation se sont appliqués à enchaîner. On comprend que prêtres, hommes de loi et médecins aient peur de jouer aux apprentis-sorciers. Ce qui les épouvante, au fond, c'est la nature humaine; une vieille sagesse leur souffle que la meilleure politique devant un ennemi que l'on se sait incapable de dompter, c'est celle de la part du feu.

Nous aussi, après avoir été bouleversés par certains récits qui faisaient de l'euthanasie l'un des actes les plus difficiles, les plus humains et les plus courageux qu'un être puisse accomplir, nous avons dû admettre qu'il est impossible de traiter *a priori* l'euthanasie comme une manifestation, voire une preuve de vertu. Nous aussi nous avons dû admettre qu'il fallait envisager ce problème délicat avec beaucoup de respect et beaucoup de nuances mais aussi sans faiblesse, sans romantisme. Parce qu'enfin même si la situation particulière rend l'acte exemplaire, même s'il est prouvé que le meurtrier est une espèce de saint qui a obéi aux motifs les plus élevés et aux supplications de la victime après un débat de conscience dramatique, il reste que *le risque d'erreur* demeure très grand.

L'homme n'est pas si simple et mourir n'est pas si simple que l'on puisse obligatoirement conclure qu'un homme désire effectivement mourir parce qu'il en exprime le souhait, même avec véhémence. Souvenons-nous du bûcheron de la fable. C'est une fable à laquelle la vie donne assez souvent raison à en juger par un certain nombre d'histoires vraies qui nous ont été racontées. Celle-ci, par exemple :

Aux États-Unis, trois amis, deux hommes et une femme, gens intelligents, cultivés et athées qui se réclamaient de la doctrine stoïcienne, s'étaient fait les uns aux autres le serment de donner la mort douce à celui d'entre eux qui serait atteint d'une maladie douloureuse, incurable ou dégradante. Consultant un jour un gynécologue, la femme apprit qu'elle souffrait d'un cancer. En quelques instants, l'esprit fort redevint une personne comme les autres, terrifiée à l'idée qu'on pourrait abréger volontairement une vie qu'elle savait pourtant menacée. Comment échapper à ses complices qu'elle savait décidés à l'exécuter, fût-ce contre son gré, pour rester fidèles à leur serment? Se sentant incapable de leur dissimuler sa panique, elle donna au chauffeur de taxi l'adresse non de son domicile mais d'une clinique religieuse. La directrice de cette clinique devait entendre sans l'avoir demandée une confession complète qui constituait un aveu de capitulation et une supplication instante d'accompagner tous les visiteurs et de refuser tous les présents comestibles!

Un médecin nous a raconté aussi l'anecdote suivante :

« Un de mes malades, peut-être neurasthénique, me demandait chaque fois que je le voyais de le faire passer de vie à trépas. Or, un jour que j'avais examiné son cœur, je lui recommandai, comme celui-ci manifestait des signes de fatigue, de ne pas oublier de prendre les toni-cardiaques prescrits et je m'apprêtai à lui faire une injection intraveineuse lorsqu'il m'interpella en me demandant si cette injection ne risquait pas, dans son état, de provoquer sa mort. Après l'avoir rassuré, j'ajoutai : " tiens, voilà le baudet qui laisse passer le bout de l'oreille! Je croyais que tu voulais mourir?" Plus jamais, ce malade ne m'a supplié de le faire mourir ce qui prouve que, même quand les patients demandent que l'on pratique sur eux l'euthanasie, ils ne sont pas toujours consentants du fond de leur âme. »

« Errare humanum est. » Comment ne pas tenir compte de cette possibilité d'erreur lorsque c'est une vie humaine qui est en jeu? Se tromper sur les autres, se tromper sur soi-même c'est notre lot quotidien mais savoir qu'on peut se tromper oblige à réfléchir au moment d'accomplir un geste *irréversible.* L'un des témoignages qui nous ont donné le plus à penser de tous ceux que nous avons réunis est celui de cette femme qui nous avait écrit : *« J'ai vécu ma propre mort... »*

Mme P... est ce que l'on appelle une « forte femme »; de caractère et de corpulence. Elle dirige maintenant un centre d'infirmières. Elle était simple infirmière, il y a douze ans, lorsqu'elle a traversé le cauchemar qu'elle nous raconte aujourd'hui :

« Moi qui soignais les autres, je me suis trouvée brusquement de l'autre côté de la barrière, avec un phlegmon gangréneux du bras droit. Dans mon propre hôpital, soignée par mes camarades infirmières et par les internes que je connaissais, je me suis vue mourir. Atteinte de tétanos, j'ai été soignée au curare, mise dans le poumon d'acier, le grand jeu, quoi! J'étais réduite à l'impuissance totale, incapable de parler et plongée dans un coma bizarre où j'entendais et je voyais tout dans une espèce de brouillard. J'ai entendu ainsi les internes qui me veillaient dire que j'étais perdue et j'ai appris que mon mari avait demandé à être prévenu quand tout serait fini. Chaque fois qu'une de mes camarades s'approchait de moi, la seringue à la main, je pensais que c'était pour m'achever...

— C'était un cauchemar?...

— Un cauchemar qui aurait pu être vrai. Combien de fois n'avais-je pas entendu l'une d'elles dire : " Le Numéro Tant souffrait trop : on l'a abattu! " Moi qui me battais désespérément pour ne pas sombrer dans le néant, j'avais l'impression que celles qui auraient dû m'aider étaient les alliées de la Mort. Croyez-moi, c'est intolérable. Aujourd'hui encore, plus de dix ans après, je ne peux plus faire une piqûre ni même en regarder faire une...

— Comment tout cela s'est-il terminé?

— Un matin, à 5 heures, j'ai entendu dans la cour le roulement du fourgon mortuaire qui venait me chercher. J'ai bandé toutes mes forces pour réussir à crier... et ça a été le début de ma convalescence. J'ai bien téléphoné à mon mari, mais pas pour lui dire que tout était fini, pour lui demander une brosse à dents et du dentifrice. Aujour-

d'hui, je me porte parfaitement. (Elle rit.) *J'ai une petite fille charmante et très intelligente...* »

Et aujourd'hui Mme P... peut témoigner que l'on peut commettre un véritable crime avec les meilleures intentions du monde. Elle n'est pas loin de penser elle-même que c'est pour crier cet avertissement à la face du monde qu'elle est resurgie d'entre les morts.

C'est que nous sommes dans une matière trop grave et trop mouvante pour qu'il existe une vérité et une seule. Toute notre enquête nous a prouvé qu'il s'agissait d'un drame personnel qui se jouait au plus profond de la conscience, qui remettait en question toutes les valeurs sur lesquelles une vie était fondée, un drame impossible à régler avec des principes. Pourquoi? Parce que ce drame concerne la mort et que si nous sommes tous égaux devant la mort c'est que nous sommes tous également désarmés devant elle.

Nous pensions, en nous lançant dans cette aventure, que l'euthanasie nous servirait de thème, de champ de bataille pour un débat contradictoire où s'affronteraient deux camps. Ces deux camps, il nous semblait les voir d'avance. D'un côté, ceux qui croient en un Dieu, ceux pour qui la vie sur terre est un passage et la condition humaine un avatar, ceux qui considèrent que notre vie, et donc notre mort, ne nous appartiennent pas – à plus forte raison la vie et la mort des autres. De l'autre côté, ceux qui croient en l'homme et pensent que notre vie sur terre étant notre seule chance, notre œuvre et notre but, elle nous appartient totalement, nous en faisons ce que nous voulons (ou ce que nous pouvons) et nous affirmons notre liberté en choisissant l'heure de notre disparition.

En réalité, nous avons découvert peu à peu avec étonnement que ce n'était pas sur une option morale ou métaphysique que se faisait la ligne de clivage entre partisans et adversaires de l'euthanasie. Ou, plus exactement, que ceux qui se déclaraient partisans ou adversaires obéissaient en cela à leur croyance mais que leur choix théorique ne résistait pas toujours à l'épreuve de la réalité. Combien de lettres nous ont écrit, combien de gens nous ont dit : *« J'ai complètement changé d'avis après avoir vécu moi-même une terrible expérience! »* Et c'est à la lumière de cette terrible expérience, qui les avait révélés à eux-mêmes, qu'ils ont révisé ce qu'ils croyaient être leur croyance profonde!

Alors, en conclusion, après avoir dépouillé ces milliers de lettres, rencontré ces centaines de personnes, lu des articles et des livres, discuté avec des spécialistes, nous voici plus incapables encore de juger l'euthanasie que nous ne l'étions avant de commencer. Est-elle courage ou lâcheté? charité ou égoïsme? assistance ou assassinat? Elle est tout cela à la fois. Elle pousse l'individu dans ses derniers retranchements pour arracher de lui, en une dramatique minute de vérité, le cri par lequel il trahit sa véritable personnalité. Il est presque viscéral, ce cri. C'est l'instinct qui le pousse. Il est parfois le couronnement d'une vie, parfois sa négation absolue. Il vient des profondeurs de l'être et n'aurait sans doute jamais existé, ce cri de vérité, si les circonstances n'avaient construit ce véritable piège.

C'est pourquoi, malgré tout ce que l'on sait, tout ce que l'on croit, tout ce que l'on veut être, il est impossible de savoir quelle conduite on adoptera si un être adoré vous supplie de l'aider à mourir un peu plus tôt? Vous-mêmes? demanderez-vous. Nous-mêmes, nous nous sommes posé très sincèrement la question. Nous y avons réfléchi longuement. Nous ignorons la réponse. C'est peut-être celui de nous deux qui condamne l'euthanasie en principe qui l'accomplira et celui qui l'approuve théoriquement qui constatera avec stupéfaction que son corps refuse d'exécuter les ordres de son cerveau.

Table

CET OUVRAGE A ÉTÉ COMPOSÉ ET ACHEVÉ D'IMPRIMER
PAR L'IMPRIMERIE FLOCH À MAYENNE (3-85)
D.L. 4e TRIMESTRE 1975. N° 3703-4 (22862)

Collection Points

SERIE ACTUELS

A1. Lettres de prison, *par Gabrielle Russier*
A2. J'étais un drogué, *par Guy Champagne*
A3. Les Dossiers noirs de la police française, *par Denis Langlois*
A4. Do It, *par Jerry Rubin*
A5. Les Industriels de la fraude fiscale, *par Jean Cosson*
A6. Entretiens avec Allende, *par Régis Debray* (épuisé)
A7. De la Chine, *par Maria-Antonietta Macciocchi*
A8. Après la drogue, *par Guy Champagne*
A9. Les Grandes Manœuvres de l'opium *par Catherine Lamour et Michel Lamberti*
A10. Les Dossiers noirs de la justice française *par Denis Langlois*
A11. Le Dossier confidentiel de l'euthanasie *par Igor Barrère et Étienne Lalou*
A12. Discours américains, *par Alexandre Soljénitsyne*
A13. Les Exclus, *par René Lenoir*
A14. Souvenirs obscurs d'un Juif polonais né en France *par Pierre Goldman*
A15. Le Mandarin aux pieds nus, *par Alexandre Minkowski*
A16. Une Suisse au-dessus de tout soupçon, *par Jean Ziegler*
A17. La Fabrication des mâles *par Georges Falconnet et Nadine Lefaucheur*
A18. Rock babies, *par Raoul Hoffmann et Jean-Marie Leduc*
A19. La nostalgie n'est plus ce qu'elle était, *par Simone Signoret*
A20. L'Allergie au travail, *par Jean Rousselet*
A21. Deuxième Retour de Chine *par Claudie et Jacques Broyelle et Evelyne Tschirhart*
A22. Je suis comme une truie qui doute, *par Claude Duneton*
A23. Travailler deux heures par jour, *par Adret*
A24. Le rugby, c'est un monde, *par Jean Lacouture*
A25. La Plus Haute des solitudes, *par Tahar Ben Jelloun*
A26. Le Nouveau Désordre amoureux *par Pascal Bruckner et Alain Finkielkraut*
A27. Voyage inachevé, *par Yehudi Menuhin*
A28. Le communisme est-il soluble dans l'alcool ? *par Antoine et Philippe Meyer*
A29. Sciences de la vie et Société *par François Gros, François Jacob et Pierre Royer*
A30. Anti-manuel de français *par Claude Duneton et Jean-Pierre Pagliano*

A31. Cet enfant qui se drogue, c'est le mien, *par Jacques Guillon*
A32. Les Femmmes, la Pornographie, l'Érotisme
par Marie-Françoise Hans et Gilles Lapouge
A33. Parole d'homme, *par Roger Garaudy*
A34. Nouveau Guide des médicaments, *par le Dr Henri Pradal*
A35. Rue du Prolétaire rouge, *par Nina et Jean Kéhayan*
A36. Main basse sur l'Afrique, *par Jean Ziegler*
A37. Un voyage vers l'Asie, *par Jean-Claude Guillebaud*
A38. Appel aux vivants, *par Roger Garaudy*
A39. Quand vient le souvenir, *par Saul Friedländer*
A40. La Marijuana, *par Solomon H. Snyder*
A41. Un lit à soi, *par Évelyne Le Garrec*
A42. Le lendemain, elle était souriante...
par Simone Signoret
A43. La Volonté de guérir, *par Norman Cousins*
A44. Les Nouvelles Sectes, *par Alain Woodrow*
A45. Cent Ans de chanson française
par Chantal Brunschwig, Louis-Jean Calvet et Jean-Claude Klein
A46. La Malbouffe, *par Stella et Joël de Rosnay*
A47. Médecin de la liberté, *par Paul Milliez*
A48. Un Juif pas très catholique, *par Alexandre Minkowski*
A49. Un voyage en Océanie, *par Jean-Claude Guillebaud*
A50. Au coin de la rue, l'aventure
par Pascal Bruckner et Alain Finkielkraut
A51. John Reed, *par Robert Rosenstone*
A52. Le Tabouret de Piotr, *par Jean Kéhayan*
A53. Le temps qui tue, le temps qui guérit
par le Dr Fernand Attali
A54. La Lumière médicale, *par Norbert Bensaïd*
A55. Californie (Le Nouvel Age)
par Sylvie Crossman et Édouard Fenwick
A56. La Politique du mâle, *par Kate Millett*
A57. Contraception, Grossesse, IVG
par Pierrette Bello, Catherine Dolto et Aline Schiffmann
A58. Marthe, *anonyme*
A59. Pour un nouveau-né sans risque, *par Alexandre Minkowski*
A60. La Vie, tu parles, *par Libération*
A61. Les Bons Vins et les Autres, *par Pierre-Marie Doutrelant*
A62. Comment peut-on être breton ?
par Morvan Lebesque
A63. Les Français, *par Theodore Zeldin*
A64. La Naissance d'une famille, *par T. Berry Brazelton*

Collection Points

SERIE HISTOIRE

H1. Histoire d'une démocratie : Athènes
des origines à la conquête macédonienne, *par Claude Mossé*
H2. Histoire de la pensée européenne
1. L'éveil intellectuel de l'Europe du IXe au XIIe siècle, *par Philippe Wolff*
H3. Histoire des populations françaises et de leurs attitudes devant la vie depuis le XVIIIe siècle, *par Philippe Ariès*
H4. Venise, portrait historique d'une cité
par Philippe Braunstein et Robert Delort
H5. Les Troubadours, *par Henri-Irénée Marrou*
H6. La Révolution industrielle (1780-1880), *par Jean-Pierre Rioux*
H7. Histoire de la pensée européenne
4. Le siècle des Lumières, *par Norman Hampson*
H8. Histoire de la pensée européenne
3. Des humanistes aux hommes de science, *par Robert Mandrou*
H9. Histoire du Japon et des Japonais
1. Des origines à 1945, *par Edwin O. Reischauer*
H10. Histoire du Japon et des Japonais
2. De 1945 à 1970, *par Edwin O. Reischauer*
H11. Les Causes de la Première Guerre mondiale
par Jacques Droz
H12. Introduction à l'histoire de notre temps
L'Ancien Régime et la Révolution, *par René Rémond*
H13. Introduction à l'histoire de notre temps. Le XIXe siècle
par René Rémond
H14. Introduction à l'histoire de notre temps. Le XXe siècle
par René Rémond
H15. Photographie et Société, *par Gisèle Freund*
H16. La France de Vichy (1940-1944), *par Robert O. Paxton*
H17. Société et Civilisation russes au XIXe siècle
par Constantin de Grunwald
H18. La Tragédie de Cronstadt (1921), *par Paul Avrich*
H19. La Révolution industrielle du Moyen Age, *par Jean Gimpel*
H20. L'Enfant et la Vie familiale sous l'Ancien Régime
par Philippe Ariès
H21. De la connaissance historique, *par Henri-Irénée Marrou*
H22. Malraux, une vie dans le siècle, *par Jean Lacouture*
H23. Le Rapport Khrouchtchev et son histoire, *par Branko Lazitch*
H24. Le Mouvement paysan chinois (1840-1949), *par Jean Chesneaux*
H25. Les Misérables dans l'Occident médiéval, *par Jean-Louis Goglin*

H26. La Gauche en France depuis 1900, *par Jean Touchard*
H27. Histoire de l'Italie du Risorgimento à nos jours
par Sergio Romano
H28. Genèse médiévale de la France moderne, XIVe-XVe siècle
par Michel Mollat
H29. Décadence romaine ou Antiquité tardive ? IIIe-VIe siècle
par Henri-Irénée Marrou
H30. Carthage ou l'Empire de la mer, *par François Decret*
H31. Essais sur l'histoire de la mort en Occident du Moyen Age à nos jours, *par Philippe Ariès*
H32. Le Gaullisme (1940-1969), *par Jean Touchard*
H33. Grenadou, paysan français
par Ephraïm Grenadou et Alain Prévost
H34. Piété baroque et Déchristianisation en Provence au XVIIIe siècle
par Michel Vovelle
H35. Histoire générale de l'Empire romain
1. Le Haut-Empire, *par Paul Petit*
H36. Histoire générale de l'Empire romain
2. La crise de l'Empire, *par Paul Petit*
H37. Histoire générale de l'Empire romain
3. Le Bas-Empire, *par Paul Petit*
H38. Pour en finir avec le Moyen Age, *par Régine Pernoud*
H39. La Question nazie, *par Pierre Ayçoberry*
H40. Comment on écrit l'histoire, *par Paul Veyne*
H41. Les Sans-culottes, *par Albert Soboul*
H42. Léon Blum, *par Jean Lacouture*
H43. Les Collaborateurs (1940-1945), *par Pascal Ory*
H44. Le Fascisme italien (1919-1945)
par Pierre Milza et Serge Berstein
H45. Comprendre la Révolution russe, *par Martin Malia*
H46. Histoire de la pensée européenne
6. L'ère des masses, *par Michael D. Biddiss*
H47. Naissance de la famille moderne, *par Edward Shorter*
H48. Mythe de la procréation à l'âge baroque
par Pierre Darmon
H49. Histoire de la bourgeoisie en France
1. Des origines aux temps modernes, *par Régine Pernoud*
H50. Histoire de la bourgeoisie en France
2. Les Temps modernes, *par Régine Pernoud*
H51. Histoire des passions françaises (1848-1945)
1. Ambition et amour, *par Theodore Zeldin*
H52. Histoire des passions françaises (1848-1945)
2. Orgueil et intelligence, *par Theodore Zeldin*
H53. Histoire des passions françaises (1848-1945)
3. Goût et corruption, *par Theodore Zeldin*

H54. Histoire des passions françaises (1848-1945)
4. Colère et politique, *par Theodore Zeldin*
H55. Histoire des passions françaises (1848-1945)
5. Anxiété et hypocrisie, *par Theodore Zeldin*
H56. Histoire de l'éducation dans l'Antiquité
1. Le monde grec, *par Henri-Irénée Marrou*
H57. Histoire de l'éducation dans l'Antiquité
2. Le monde romain, *par Henri-Irénée Marrou*
H58. La Faillite du Cartel, 1924-1926
(Leçon d'histoire pour une gauche au pouvoir)
par Jean-Noël Jeanneney
H59. Les Porteurs de valises
par Hervé Hamon et Patrick Rotman
H60. Histoire de la guerre d'Algérie (1954-1962)
par Bernard Droz et Évelyne Lever
H61. Les Occidentaux, *par Alfred Grosser*
H62. La Vie au Moyen Age, *par Robert Delort*
H63. Politique étrangère de la France (La Décadence, 1932-1939)
par Jean-Baptiste Duroselle
H64. Histoire de la guerre froide
1. De la révolution d'Octobre à la guerre de Corée, 1917-1950
par André Fontaine
H65. Histoire de la guerre froide
2. De la guerre de Corée à la crise des alliances, 1950-1963
par André Fontaine
H66. Les Incas, *par Alfred Métraux*
H67. Les Écoles historiques, *par Guy Bourdé et Hervé Martin*
H68. Le Nationalisme français, 1871-1914, *par Raoul Girardet*
H69. La Droite révolutionnaire, 1885-1914
par Zeev Sternhell
H70. L'Argent caché, *par Jean-Noël Jeanneney*
H71. Histoire économique de la France du XVIIIe siècle à nos jours
1. De l'Ancien Régime à la Première Guerre mondiale
par Jean-Charles Asselain
H72. Histoire économique de la France du XVIIIe siècle à nos jours
2. De 1919 à la fin des annnées 1970
par Jean-Charles Asselain
H73. La Vie politique sous la IIIe République
par Jean-Marie Mayeur
H74. La Grèce archaïque d'Homère à Eschyle, *par Claude Mossé*
H75. Histoire de la « détente » 1962-1981, *par André Fontaine*
H76. Études sur la France de 1939 à nos jours
par la revue « L'Histoire »
H77. L'Afrique au XXe siècle, *par Elikia M'Bokolo*
H78. Les Intellectuels au Moyen Age, *par Jacques Le Goff*

Nouvelle histoire de la France contemporaine

H101. La Chute de la monarchie (1787-1792), *par Michel Vovelle*
H102. La République jacobine (1792-1794), *par Marc Bouloiseau*
H103. La République bourgeoise de Thermidor à Brumaire (1794-1799) *par Denis Woronoff*
H104. L'Épisode napoléonien (1799-1815). Aspects intérieurs *par Louis Bergeron*
H105. L'Épisode napoléonien (1799-1815). Aspects extérieurs *par J. Lovie et A. Palluel-Guillard*
H106. La France des notables (1815-1848). L'évolution générale *par André Jardin et André-Jean Tudesq*
H107. La France des notables (1815-1848). La vie de la nation *par André Jardin et André-Jean Tudesq*
H108. 1848 ou l'Apprentissage de la République (1848-1852) *par Maurice Agulhon*
H109. De la fête impériale au mur des fédérés (1852-1871) *par Alain Plessis*
H110. Les Débuts de la Troisième République (1871-1898) *par Jean-Marie Mayeur*
H111. La République radicale ? (1898-1914) *par Madeleine Rebérioux*
H112. La Fin d'un monde (1914-1929), *par Philippe Bernard*
H113. Le Déclin de la Troisième République (1929-1938) *par Henri Dubief*
H114. De Munich à la Libération (1938-1944) *par Jean-Pierre Azéma*
H115. La France de la Quatrième République (1944-1958) 1. L'ardeur et la nécessité (1944-1952) *par Jean-Pierre Rioux*
H116. La France de la Quatrième République (1944-1958) 2. L'expansion et l'impuissance (1952-1958) *par Jean-Pierre Rioux*